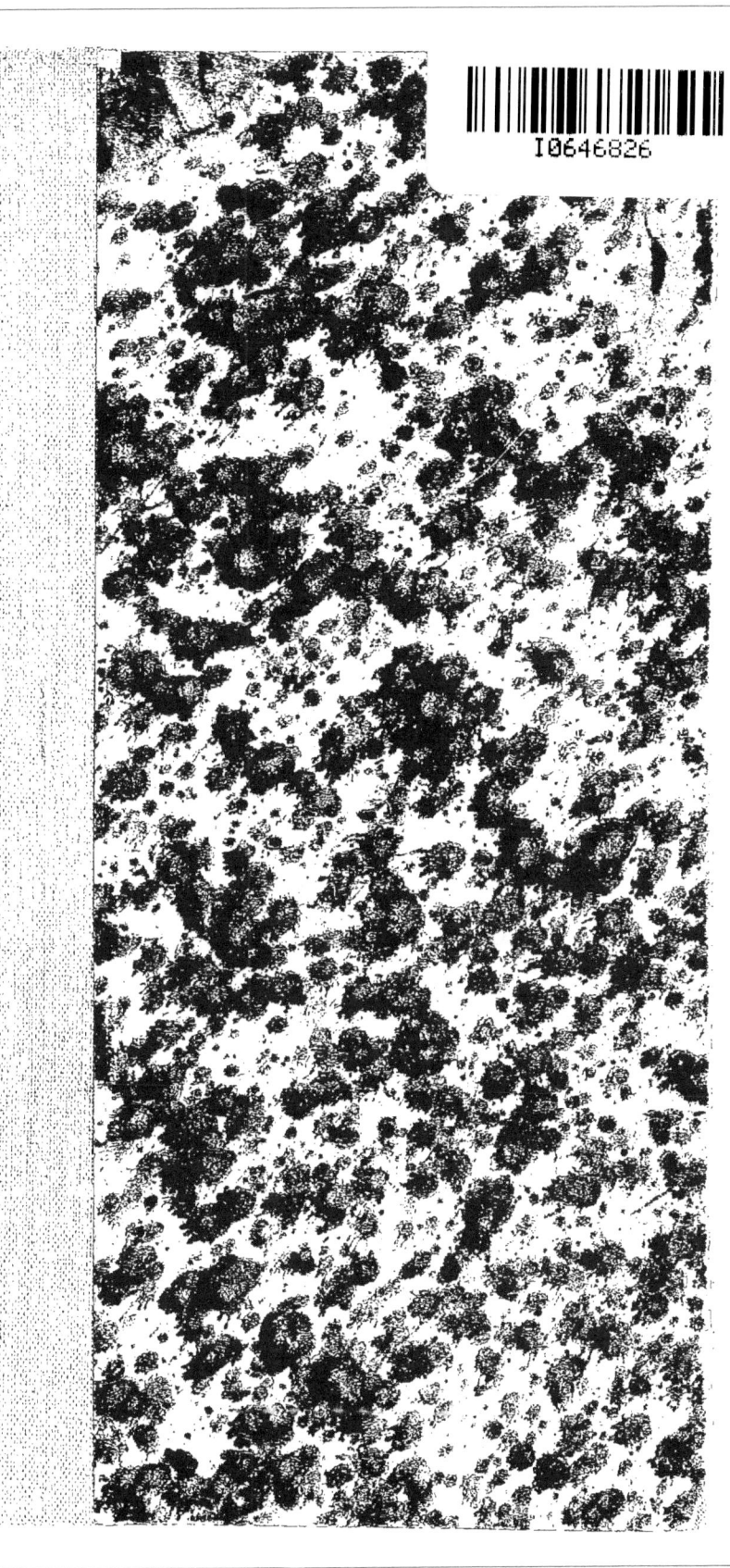

J. BOULANGER

ERNEST D'HERVILLY

TIMBALE D'HISTOIRE PARISIENNE

PARIS

C. MARPON & E. FLAMMARION

ÉDITEURS

26, RUE RACINE, PRÈS L'ODÉON

TIMBALE D'HISTOIRES

A LA PARISIENNE

Il a été tiré de cet ouvrage cinquante exemplaires sur papier de Hollande, tous numérotés.

~~~~~~~~~~~~~~~~

DU MÊME AUTEUR

PROSE

Contes pour les grandes personnes.   Histoires de mariages.
Mesdames les Parisiennes.   Les armes de la femme.
Histoires divertissantes.   Le bibelot, comédie (Palais-Royal).
Ernest d'Hervilly-Caprices.   Le parapluie, comédie (Odéon).

PARISIENNERIES

Les caprices de Guignolette, (illustré par Robida).
Timbale d'histoires à la parisienne, (illustré par Régamey).

VERS

Le Harem. — Les Baisers. — Jef Affagard, poésies.
Le Harem, avec illustrations, pointe-sèche de H. Somm, édition de luxe.
Le malade réel, comédie   (Odéon).
Le docteur sans pareil, comedie   id.
La belle Saïnara,   id.   id.
Le Bonhomme Misère,   id.   id.
La Fontaine des Beni-Menad, comédie (Odéon).
Le magister, comédie (Comédie-Française).
Poquelin père et fils, comédie (Odéon).
Aux Femmes fête de Victor Hugo).

POUR PARAITRE PROCHAINEMENT

Les Révoltes du soleil (poème).
Les Aimeuses (roman).
La statue de chair (roman).
Les Droits acquis, comédie en 3 actes.
Parisiens bizarres. 1 vol. (nouvelles)
Le Médecin des Poupées (roman).
Contes sans fées, texte et bonshommes par l'auteur.

PARIS. — IMP. C. MARPON ET E. FLAMMARION, RUE RACINE, 26.

TIMBALE
D'HISTOIRES
A LA PARISIENNE

PAR

ERNEST D'HERVILLY

PARIS
C. MARPON ET E. FLAMMARION
ÉDITEURS
1 A 7, GALERIES DE L'ODÉON, ET RUE RACINE, 26

1883

AVRIL ET GAZ

AVRIL ET GAZ

Avril, si charmant quand la Nature veut bien
n'y pas écouler le stock des giboulées de mars, est
le mois qui fait s'ouvrir toutes grandes les feuilles,
les âmes et les fenêtres ; cependant, pour mon
ami Saint-Brieuc, le retour d'avril, l'an dernier,
fut le point de départ d'une tristesse inexplicable
autant que profonde...

— C'est une histoire, monsieur ?

— C'est de l'histoire, mesdames et messieurs.

— Encore quelque invention excentrique sans
doute ?

— Non, mesdames, la vérité, la vérité en tenue
de puits... c'est-à-dire toute nue.

— Passons. Continuez.

— Je continue. — Donc, mon ami Saint-Brieuc,
l'an dernier, salua les prodrômes de la venue du
printemps avec des airs de désespoir dont nous
fûmes tous péniblement frappés, car au mois
d'avril, comme dit le poète Théodore de Banville,
toute créature a le cœur plein d'ivresse et d'espérance, *« excepté les pervers et les marchands de bois »*.
Or, mon ami Saint-Brieuc, qui n'est ni pervers ni
marchand de bois, mais tout simplement rentier,
joli garçon et honnête homme, n'avait aucun motif pour devenir sombre sous l'azur dont s'effraient
les méchants, et pour se montrer mécontent en
présence du soleil qui fait éteindre les calorifères.

— Alors, il s'agit de peines de cœur?

— N'anticipons pas sur les évènements! Et pour
commencer par le commencement, je vous dirai,
mesdames, que certaines singularités de conduite
et de langage m'avaient beaucoup étonné chez
mon correct et joyeux ami, avant que son visage
prît, au mois d'avril dernier, l'aspect lamentable
que nous constatâmes tous. Ainsi, à tout propos,
par exemple, il conseillait très sérieusement à chacun de ceux qu'il rencontrait, j'entends ses amis,
de faire un constant usage du gaz. — Ma parole,
il y a des moments où on l'aurait pris pour un

adversaire résolu et audacieux de la lumière électrique, ou tout au moins pour un agent de la Compagnie parisienne...

— Voilà qui est bizarre !... — Oh ! pardon ; continuez donc, je vous prie.

. .   .   .

Avant que l'honorable narrateur, interrompu
par les exclamations de son auditoire, ait repris
et renoué les deux bouts du fil coupé de son récit,
apprenons rapidement aux lecteurs les nom et
qualité du narrateur en question, et faisons-leur
connaître aussi l'endroit dans lequel il opère.

L'orateur, bien entendu, ne s'appelle pas Du-
verdy ; c'est là le point important. C'est un peintre
de nature morte, qui répondrait volontiers au nom
de Bertrand Lancry, pour peu que le jury y tînt
le moins du monde et voulût bien lui décerner
une grande médaille sous ce vocable.

Quant à l'enceinte dans laquelle il manie de son
mieux la parole, c'est le salon d'une étoile de la
colonie étrangère, étoile que les reporters mondains qualifient de — « la toute gracieuse madame
Homing. »

Tous les vendredis, entre quatre et six heures,
de janvier à mai, chez la toute gracieuse madame
Homing, une Américaine du nord d'infiniment de
dollars, — dont le transatlantique époux est tou-

jours en chambre de 1ᵉ classe à des degrés de
latitude et de longitude qu'il lui est impossible de
fixer exactement, — on vient échanger des remarques pleines d'inattendu sur la pluie et le beau
temps, en noyant à jamais de tout petits gâteaux
dans d'énormes tasses de thé, au-dessus de ser-
viettes fort jolies, un peu plus grandes que des
timbres-poste.

Cette opération capitale, entrecoupée parfois
d'une histoire comme celle que raconte Bertrand
Lancry, ou d'un récit de chasse au *wombat* fait
par un étranger à forte barbe, dont la bouche
semble le rendez-vous de tous les accents connus,
a lieu dans une des plus irréprochables rues du
centre de cette ex-plaine Monceaux, sur laquelle
un vol d'architectes s'est abattu, naguère, et
qu'ils ont transformée gaiement en une sorte d'exposition rétrospective de maisons de tout style,
de toute époque et de tous pays.

Après avoir subi les angoisses de l'embarras du
choix, la toute gracieuse Mᵐᵉ Homing avait
jeté son dévolu sur une habitation moyen âge du
goût le plus nouveau, attendu qu'elle est moyen
âge à ce point que la niche au chien, élevée sur un
morceau de terrain qui vaut encore, ma foi! dans
les trois cent cinquante francs le mètre, a l'air du
propre palais de Louis X, dit le Hutin.

Les décrottoirs sont également moyen âge.

Donc, tous les vendredis, de quatre à six heures, la toute gracieuse Mme Homing reçoit là quelques intimes, une cinquantaine tout au plus, mon Dieu! parmi lesquels tous les peuples, — les Lapons exceptés cependant — ont des représentants de la plus haute distinction.

L'ex-plaine Monceaux, à présent le quartier chéri du *high-life* à l'huile et à l'aquarelle, est absolument fière de posséder la toute gracieuse étrangère.

Et elle le prouve.

En effet, l'élégante population artistique de l'endroit ne néglige jamais le vendredi, de quatre à six heures, de venir délayer des petits gâteaux au gingembre dans de l'eau chaude, sous les solives sculptées de la délicieuse forteresse moyen âge que, entre parenthèses, l'invisible mari de Mme Homing a bondée des produits de l'industrie qu'il a créée, c'est-à-dire de meubles moyen âge en sciure de bois comprimée, infiniment préférable au bois lui-même, paraît-il.

Ce brave Homing! Il a gagné de quatre à cinq millions avec sa sciure comprimée.

C'est pourquoi l'élégante population artistique des environs de la confortable maison où les porte-parapluies sont tout ce qu'il y a plus moyen âge eux-mêmes, ne raterait pas pour un empire « le jour » de la belle Yankee.

Dame! l'élégante population artistique espère bien « coller », sauf le respect que je vous dois, le fond de ses ateliers au comprimeur de sciure de bois.

Eh! pourquoi non? Il y a, dans ce quartier-là, de la peinture comprimée qui plaira beaucoup à Homing.

L'affaire marche bon train, d'ailleurs, et Homing a déjà dans sa galerie, pour la modeste somme de trois cent mille francs, une trentaine de tout petits tableaux représentant une vedette à cheval dans une absence de paysage qui est, sans doute, le désert, et il possède aussi vingt ou vingt-deux toiles où l'on admire un homme en costume moyen âge tenant pensivement une épée de Tolède. Dans quelques-unes de ces œuvres d'élite, je dois l'avouer, la puissance cérébrale de l'élégante population artistique s'est manifestée hautement, et au lieu de l'éternel reître tenant une épée, c'est une épée qui tient positivement le reître. La fécondité surprenante du *high-life* à l'huile ou à l'aquarelle est vraiment inépuisable...

. . . .

Mais il est temps de revenir à notre narrateur, à ce garçon de talent distingué que nous avons laissé la bouche bée tout à l'heure.

Bertrand Lancry, peintre de nature morte, continua comme il suit l'histoire de ce mystérieux ami Saint-Brieuc, que le retour d'avril horripilait si fort l'an dernier.

— Oui, mesdames, à l'insistance chaleureuse que Saint-Brieuc mettait dans sa recommandation touchant l'emploi perpétuel du gaz dans les appartements, se joignaient des bizarreries dont je vais avoir l'honneur de vous citer des exemples : — Quand un ballon, gonflé dans une usine à gaz, emportait M. de Fonvielle dans les airs, mon ami Saint-Brieuc était joyeux; et pourtant, mélancolique, il soupirait : « Il n'y en a qu'un ! » Mais il s'épanouissait complètement les jours de fête publique. Une illumination nationale et quotidienne l'eût fait heureux pour la vie, disait-il. — Quand il passait devant une maison à cinq étages arborant avec fierté au-dessus de sa porte la plaque bleue avec l'inscription : *gaz à tous les étages*, il souriait et saluait : — « Bon propriétaire, puisses-tu vivre autant que les cèdres, murmurait-il. »

— Mais votre ami est fou !

— Point, madame... Et permettez que j'achève. — S'il faisait un brouillard intense, si les journaux annonçaient des kyrielles de soirées et de bals, Saint-Brieuc, tout souriant, s'écriait : « Ils vont consommer du gaz! bravo! » Enfin, il y a plus fort que tout cela. Si les hasards de la promenade le mettaient en présence d'ouvriers essayant en

vain de découvrir, pour la cicatriser, la blessure
invisible d'un tuyau de gaz souterrain, mon pauvre ami Saint-Brieuc sautait de joie et criait, au
grand étonnement des passants : « Une fuite ! une
fuite ! ô délicieuse odeur ! »

— Voyons, monsieur Lancry, interrompit la
toute gracieuse Mme Homing, vous nous faites poser. Cette histoire est une charge d'atelier.

— Je suis sérieux comme Minos, juge à la cour
d'appel des enfers, madame. — Faites-moi crédit
de quelques secondes de patience, et vous allez
voir que je n'invente rien, et que la *gazophilie* de
mon ami Saint-Brieuc avait un motif des plus res-
pectables et des plus touchants.

— Ah! voyons un peu cela!

— Il faut vous dire — et j'aurais dû commencer par vous donner cette indication de mise en
scène — que mon ami Saint-Brieuc occupe, dans
sa propre maison, avenue Hoche (je ne désigne pas
le numéro; le numéro pourrait me faire un pro-
cès), près du parc Monceau, enfin, le troisième
étage, un étage à balcon. Devant lui verdoie, depuis longtemps invendu, un grand terrain vague.
Au-delà de ce terrain vague, mon ami Saint-Brieuc
aperçoit un boulevard et plus loin une usine à
gaz.

— Nous y voici.

— Oui, mesdames, vous *brûlez*.

— Achevez !

— Eh bien, cette usine à gaz, avec ses cloches immenses, qui peut-être ne vous intéressent que faiblement, faisaient à la fois le malheur et la félicité de mon ami Saint-Brieuc.

— Expliquez-vous, grand Dieu !

— Mesdames, en avril dernier, comme j'interrogeais amicalement Saint-Brieuc sur les causes de sa tristesse, il m'avoua enfin ceci : qu'il était amoureux !...

— De la fille du directeur de l'usine ?

— Non ! vous n'y êtes pas. Il était devenu amoureux, mais amoureux à lier, et comme il faut qu'on le soit, du reste, d'une charmante jeune femme aperçue un matin, au bout de la lorgnette, de l'autre côté de l'usine à gaz, au troisième étage d'une des maisons neuves de la plaine Monceaux.

— Mais que vient faire le gaz dans tout ceci ?

— Mais il jouait dans ce poème le rôle d'un jaloux de comédie ; il s'interposait, à partir du matin, entre la jeune femme et mon ami. En un mot, les cloches, vides à l'aube, après la consommation nocturne du gaz, étaient tout au fond de leurs énormes alvéoles, et alors mon ami Saint-Brieuc voyait son idole par-dessus leurs dômes de tôle ; mais hélas ! sitôt que l'usine se remettait au travail et produisait du gaz, les cloches remon-

taient, remontaient, remontaient, cachaient la
lointaine maison adorée, et mon ami avait à attendre jusqu'au lendemain matin pour que le for-
midable écran redescendit au niveau cher à son
cœur et favorable à sa lorgnette.

— La situation n'est pas commune.

— Vous comprenez maintenant avec quelle ardeur mon ami souhaitait que Paris fit usage et
abus de l'éclairage au gaz ! Consommer du gaz à
l'excès, mais c'était faire descendre les récipients
dans le troisième dessous de la cuve où ils plon-
gent, et par suite permettre à Saint-Brieuc de contempler plus longuement son inconnue de la plaine
Monceaux.

— Et que disait l'inconnue ?

— L'inconnue, mesdames, elle ne se serait jamais
doutée de rien, et peut-être la tombe aurait-elle
emporté pour toujours le secret de mon pauvre
ami, si ce secret, Saint-Brieuc ne me l'avait confié, et sans prendre la précaution de m'interdire
d'en parler. Or, il y a quatre mois, à la fin d'un
dîner qui avait lieu chez le charmant statuaire
Cyprien Godebski, un des propriétaires de la rue
Prony, je commis l'indiscrétion de raconter l'histoire d'un amoureux qui ne voit sa bien-aimée, au
bout de sa lorgnette, que lorsque les cloches à
gaz sont basses. — Cela amusa. Cela amusa surtout une délicate blonde, veuve au suprême de-

gré (ce qui ne gâte rien, au contraire, chez une jolie femme), qui me questionna assez vivement sur les qualités morales et extérieures de mon ami Saint-Brieuc.

— C'était la dame vue par-dessus les réservoirs à gaz, n'est-ce pas?

— Il paraît. Mais j'étais loin de m'en douter alors, et je lui donnai tous les renseignements possibles sur mon ami Saint-Brieuc...

— Bref.

— Bref, mon ami reçut à peu de jours de là une nvitation à un bal que donnait...

— La jeune veuve... La douleur ne l'accablait plus, allons, allons.

— Précisément. Saint-Brieuc, fort intrigué, alla à ce raout... reconnut dans la maîtresse de la maison la ravissante silhouette qu'il savourait de la lorgnette quand la consommation du gaz dans Courcelles et la banlieue le lui permettait, et...

— Mais j'ai peur d'abuser...

— De grâce, au dénoûment!

— Et, après des visites qui devinrent de plus en plus fréquentes, il exposa chaleureusement, un our, aux pieds de la dite dame, pourquoi, contrairement au sentiment du commun des martyrs, il avait tant détesté le mois d'avril, le mois qui annonce la fin des jours sombres, des longues soirées, des fêtes d'hiver, enfin de tout ce qui, dans la vie de Paris, amenant à brûler beaucoup de gaz, lui procurait le plaisir de l'admirer.

— Et que répondit la dame ?

— La dame, qu'il suppliait de lui accorder sa main, et à laquelle il demandait ensuite si elle l'aimait un peu... un tout petit peu, lui répondit en rougissant :

— Saint-Brieuc, il y a trois semaines que j'ai fait mettre le gaz partout chez moi !...

.   .   .   .

Cela dit, le peintre Lancry avala un petit gâteau poivré comme une pilule, et, saluant l'auditoire, ajouta :

— On publie les bans dimanche.

L'AUVERPIN D'OR

L'AUVERPIN D'OR

~~~~~~~~

Ce charbonnier — car c'est bien d'un de ces honorables négociants de couleur qu'il s'agit — s'appelait, et s'appelle encore, je le suppose du moins, Gourroudour. Il était né précisément à Charbonnières-les-Vieilles (*sic*), dans un des coins les plus grandioses de cette admirable Auvergne que de malicieux esprits (ils feraient bien mieux de travailler au reboisement du Champs-de-Mars!) désignent encore sous le nom de *Charabie pétrée*.

Gourroudour avait eu son berceau placé, comme celui de Notre-Seigneur Jésus, entre l'âne et le bœuf, dans l'étable où, selon la coutume du pays, sa. famille passait les jours d'hiver à voir, en écoutant les souris se mordre sous les bancs, si les poires cuites sont bonnes avec le vin frais.

Il reçut peu d'éducation. On ne mettait pas systématiquement la lumière sous le boisseau. chez lui; on y mettait autre chose: mais Gourroudour n'en fut pas moins très mal éclairé. Quand il eut la force de colliner un sac, on l'envoya à Paris; il y suivit assidûment un cours de charbonisme chez un de ses compatriotes établi dans le noble faubourg, et qui, bon an mal an, consommait à peu près le produit d'un hectare de châtaigniers et environ trois mètres cubes de fromage du Cantal.

A cette école, Gourroudour se développa rapidement, dans tous les sens.

Cinq ans après ses débuts sur la scène noire où il était appelé à jouer plus tard un si grand rôle, il était patron lui-même.

Il avait conquis la clientèle de la domesticité des environs, parce que, bien que pouvant s'exprimer comme vous et moi, en parisien pur sang, il poussait la ruse jusqu'à parler ce charabia incompréhensible qui fait seul croire aux cuisinières que le charbon, vendu avec tant d'accent, ne peut évidemment contenir un seul fumeron séditieux.

Mais passons.

A la suite de plusieurs hivers d'une rigueur exceptionnelle, le sort du noir Gourroudour devint d'une douceur parfaite.

Heureux les charbonniers!

Le bas de laine où il déposait ses économies faillit crever d'apoplexie. Il le vida, pour lui sauver la vie, et acheta en remplacement une obligation, une action, enfin, vous savez, un de ces papiers coloriés, avec des vignettes, qui font qu'à la suite d'un simple tirage un hydrocéphale quelconque peut devenir subitement l'objet du respect universel en qualité de millionnaire.

Ça ne rata pas!

Gourroudour gagna, au premier tirage de son affaire, une somme tellement en dehors de ses habitudes, qu'il n'en saisit bien toute l'importance qu'après en avoir fait le compte en liards.

Le total des liards faisait en effet un amas tel qu'il eût peut-être pu combler le cratère, devenu un lac insondable, qui est une des curiosités des environs de Charbonnières-les-Vieilles.

Le premier cri de Gourroudour, après avoir constaté l'immensité de son avoir, fut :

— Enfin j'ai donc, comme le riche, le moyen de me servir de *braise économique!!!*

Son second cri fut :

— Je ne rougirai jamais de mes origines! Au contraire, j'en veux perpétuer le souvenir!

Il dit cela en charabia, parce que le marchand de marrons du coin prêtait à ses discours une oreille aussi envieuse que piémontaise. Courroudour voulait donner une leçon de modestie à cet ultramontain.

Le troisième cri du millionnaire Gourroudour fut :

— Je vais acheter la maison à la base de laquelle j'ai si longtemps vendu ma marchandise (qui me semble faite avec des favoris d'avocats du Midi, pétrifiés). Dans ma propre boutique, devenue une conciergerie, j'internerai quelqu'un de la partie, par exemple mon ami Buchafol, qui me servira de portier.

Il dit et il fit. Tout ce que la nature contient d'architectes qui ne viennent jamais à l'heure exacte au rendez-vous, de serruriers toujours en retard, de peintres introuvables, de tapissiers qui prennent du galon au kilomètre, se rua sur le millionnaire et demanda ses ordres, dans le but, bien entendu, de ne pas s'y conformer et de faire absolument à leur guise, sans plus s'inquiéter des vœux modestes de ce propriétaire que s'il s'agissait d'un dernier changement de ministère dans la lune.

Mais l'Auverpin d'or était un rêveur.

En face d'un homme pratique et positif, les architectes et leur suite sont violents et vainqueurs ;

devant la sérénité souriante d'un fantaisiste, ils sentent qu'ils n'ont qu'à obéir et qu'à se taire.

Ils obéirent, diligents et exacts, et la maison rêvée par le grand homme de Charbonnières-les-Vieilles fut transformée, aménagée, restaurée, meublée, décorée en moins de trois mois, au goût et à l'idée de Gourroudour.

Or l'idée et le goût de M. Gourroudour étaient de ne rien changer aux habitudes de sa jeunesse, mais de les assortir somptueusement à sa fortune.

— La seule bonne société que je veuille fréquenter, c'est la société que je trouve bonne, c'est-à-dire celle de mes pareils et mes égaux, les Arvernes du charbon, se dit-il.

Tous les matins, s'était-il dit encore (pendant que les architectes vaincus pleuraient des larmes de sang), tous les matins, comme autrefois, les camarades viendront tuer le ver avec moi et chez moi, à l'aide d'un canon de vin blanc. C'est tout naturel. Seulement le comptoir établi dans ma salle à manger sera en bois parfumé des îles et le « zinc » en argent fin. Le vin sera du Sauterne versé dans des verres épais à tomber du *cintième* sans se casser, mais fondus à Murano ! Quant au garçon marchand de vin spécial attaché à ce débit de luxe, il se manifestera dans le costume professionnel si cher à mes regards, mais sa chevelure sera frisée au petit fer. Le plastron d'une chemise de toile de Hollande couvrira sa poitrine et son tablier sera en faille couleur d'azur.

Gourroudour était un artiste en son genre.

— Quant au tourniquet avec lequel nous jouerons « la consommation », ajouta-t-il d'un air pensif, je le veux en ivoire incrusté de perles et soutenu par deux figurines de bronze que je commanderai à M. Saint-Marceaux !

Il dit et il fit. Et tout cela eut lieu. Il marcha tout vivant dans son rêve étoilé.

Pour le grand salon de réception, tapissé d'une étoffe brodée de ronds concentriques qui rappelaient les bûches peintes sur la façade de sa boutique d'antan, et garni d'un meuble en ébène et satin noir destiné à faire croire que la houille seule en formait les éléments, il fit peindre, par M. Cabanel, un tableau énorme représentant, sous un arceau de rondins de bois flotté, deux immenses charbonniers, en grands chapeaux, le sac sur le dos, qui trinquaient dans un paysage verdâtre, sans horizon.

Il y avait aussi, partout, des *vues* des différents marchés au charbon et de la gare aux charbons de la ligne P.-L.-M., et encore, signé du nom d'un impressionniste célèbre, un tableau où l'on voyait, sortant d'un tunnel pour entrer dans un autre tunnel, un joli train de trucs chargés de sacs de charbon.

Il accabla de diamants sa femme, une ronde Auvergnate aux joues pareilles à des pommes de Rambour. Les diamants, ce sont encore des charbons concentrés.

Quand ses amis venaient le voir, il avait bien soin, lui pas fier, quoique riche, de ne pas les humilier en se montrant à eux avec une figure blanche.

Il se poudrait avec de la poudre de riz noire!

Pourtant, en dépit de tout son confort d'Auverpin d'or, de charbonnier princier, il dépérissait. On s'en apercevait à l'œil nu.

C'est alors qu'il prit l'habitude de s'enfermer trois ou quatre heures par jour dans un admirable cabinet de travail, que Garnier lui-même avait conçu et exécuté.

Quand on le demandait, pendant ces heures de retraite, son valet de chambre répondait au visiteur :

— Le patron compose!

Gourroudour, poète, écrivait sans doute un livre où il condensait, assuraient les mieux informés, ses souvenirs de charbonnier et ses aspirations de rêveur.

On en citait le titre : *Les Voies extérieures*, pour faire suite aux « Voix » intérieures.

Un soir, comme il ne paraissait pas à la table de famille, — il y avait pourtant ce soir-là une

purée d'échalottes et des fromages de chèvre,
servis dans de la porcelaine du Japon (vieille
marque), — sa femme envoya les domestiques le
quérir.

En vain on l'appelait. Il ne répondait rien. Crai-
gnant un malheur, on fit enfoncer la porte et on
trouva Gourroudour, profondément endormi, à
côté d'un tas de bûchettes prêtes à être mises en
petits fagots.

Gourroudour passait ses après-midi à faire,
comme dans le bon temps, soit des bûchettes,
soit des paquets de margotins.

C'était là l'ouvrage auquel il s'adonnait, avec
tant de mystère, pour tromper les angoisses de
l'opulence.

Que dirai-je de plus? Le ciel qui, dans sa bonté,
fait pousser les cotrets dans les bois pour les
charbonniers de l'avenir, prit en pitié ce malheureux. Il amena un tel coup de krack à la Bourse
que le financier chez qui Gourroudour avait placé
ses fonds fut forcé de s'offrir un wagon-lit pour
Bruxelles.

Gourroudour, ruiné, n'en fit ni une ni deux:
il vendit sa maison avec tout ce qu'elle renfer-
mait, paya les dettes de son financier, et, repre-
nant son accent, qu'il avait un peu négligé, il
s'installa de nouveau dans son ancienne boutique.

Il y vit heureux, comme ses confrères, revendant à faux poids, remangeant des châtaignes, rebuvant un vin épais, et, tous les dimanches, vêpres ouïes, taillant à mort des bûchettes pour la vente de la semaine.

LE GRAIN DE POUSSIÈRE

~~~~~~~~

— Pas un grain de poussière. Pas un, ma chère !

C'est en ces termes, si flatteurs pour une ména-
gère que la corporation des amies intimes de Mme Canigou, bien que prompte à décocher la flèche
barbelée de la médisance, caractérisait, à l'unanimité, l'état de propreté méticuleuse, acharnée,
fanatique, de l'appartement de l'honorable bourgeoise dont le nom reluit ci-dessus.

Quelques-unes des amies de Mme Canigou allaient
même incroyablement plus loin dans leur enthousiasme, et, en leur qualité de lectrices assidues
des derniers romans naturalistes parus en librairie
elles déclaraient, les yeux humides d'orgueil
pour leur sexe, que... « l'on mangerait dans
ses cabinets ! »

Comme, hormis ces dames, tout le monde préférerait à une invitation de ce genre un mois de villégiature sur le radeau de la Méduse, et que, par conséquent, le fait ne peut être vérifié, nous n'insisterons pas dessus plus longtemps.

Il demeure acquis à l'histoire, voilà tout.

Donc, il n'y avait pas un grain de poussière chez Mme Canigou, à ce qu'assuraient du moins avec véhémence les amies de cette personne, et celle-ci le croyait.

Elle le croyait comme elle croyait à sa propre vertu.

Il avait fallu dix ans d'un travail acharné, quotidien, pour arriver à ce résultat inespéré, inouï!

Mme Canigou en convenait, les yeux baissés avec modestie, et en regardant son corsage comme si elle y voyait briller, récompense bien méritée, la croix d'honneur de la propreté.

Elle avait eu onze plumeaux tués sous elle, et des légions de torchons étaient morts sur le champ de bataille où elle avait lutté, parfois vaincue, jamais découragée, à la fin victorieuse.

Victorieuse? Hélas!

O vanité des certitudes humaines!

Tout le monde aurait affirmé, le poing sur un brasier, comme Scœvola, qu'il n'y avait pas un grain de poussière chez Mme Canigou.

Eh bien, tout le monde se trompait!

Et Mme Canigou collaborait avec tout le monde en cette occasion.

En effet, il y avait un grain de poussière dans l'admirable intérieur qui faisait l'envie générale et dont l'exquise netteté était citée en exemple à toutes les petites filles de la portion de la terre comprise entre la rue Saint-Paul et la rue des Lions-Saint-Paul.

L'ombre errante des Lions de cette rue était même fatiguée d'entendre, toute la journée, les mères de famille parler de cela à leurs infortunées petites filles.

Qu'elle dut être un peu soulagée, cette ombre, le jour où Mme Canigou, qui garda la chose pour elle, prudemment, découvrit avec horreur qu'il y avait encore chez elle — un grain de poussière !

Ce grain, le dernier, l'invisible orphelin de toute une famille innombrable, anéantie par Mme Canigou, se tenait caché sous une feuille de rose sèche au fond d'un vase qui, par sa forme, rappelait exactement un œuf dans son coquetier.

Il méditait, triste, tremblant, abreuvé d'amers souvenirs, sur le sort de ses aînés, tous tués à coups de plumeau et précipités dans l'espace sur les ailes des torchons secoués frénétiquement par les fenêtres.

Il avait vu mourir cent millions de ses frères !

Bien que la vue de la mort de cent mille millions de cousins doive à la fin vous donner une certaine habitude de la chose et vous semer dans le cœur une vague indifférence pour le trépas — des autres, le grain de poussière tremblait, chaque jour, sous la feuille sèche, et ne goûtait aucun plaisir.

Mais il espérait être oublié et vivre!

Vain espoir! L'œil perçant de Mme Canigou l'aperçut, un beau matin, au fond du vase, et alors commença une chasse épouvantable.

Projeté hors de son asile, le grain de poussière alla se placer précisément sur l'œil artificiel d'un petit sansonnet empaillé.

Il s'y crut en sûreté.

Erreur! — Mme Canigou, l'infatigable, l'en délogea, avec des précautions, mais enfin elle l'en délogea, comme j'ai l'honneur de vous le dire.

Alors, le grain de poussière, qui maigrissait d'heure en heure, se glissa, se blottit, se réfugia dans une liasse de vieilles quittances de loyer déposées, attendant leur exécution, dans cet endroit où la corporation des amies de Mme Canigou prétendait qu'on eût pu banqueter sans crainte.

Mais Mme Canigou dont l'œil aurait rendu quinze points à l'œil de Jéhovah, lequel pourtant sonde les reins et les cœurs avec l'habileté et la sûreté du docteur Debout d'Estrées, Mme Canigou, dis-je, découvrit le grain de poussière dans sa retraite,

3.

et tragique, lui allongea un coup de torchon ! Mais
elle le rata encore.

Aussi ingénieux que Protée, le grain de poussière adopta mille et mille endroits pour s'y cacher
mais, toujours infailliblement, il y fut pincé et
poursuivi.

Cela dura dix ans ! Dix autres longues années !

Les grains de poussière ont la vie dure !

D'ailleurs, ne l'eût-il pas eue que Mme Canigou
la lui eût faite dure, cette misérable vie !

Tout a une fin en ce monde, les grains de poussière comme les poursuites des huissiers et comme
les huissiers eux-mêmes, ce qui est plus raide, et,
un soir, le grain de poussière reçut le coup mortel
à la surface interne d'un de ces produits de l'ébé-
nisterie qu'on appelle une table de nuit.

Cette nuit-là, le mot des amies de Mme Canigou
devint l'exact réalité. Il n'y avait plus un grain de
poussière chez elle !

O gloire ! ô triomphe ! ô monument érigé !

Mais il est des dieux vengeurs, n'est-ce pas,
Banville ?

Quand Mme Canigou n'eut plus à faire la chasse
au grain de poussière qui avait absorbé vingt ans
de sa vie, elle se sentit au cœur un vide dont il est
peu d'exemple sur le globe, excepté dans les romans de... de... enfin, d'un de mes amis.

Ce fût horrible, en vérité !

Et ce qui n'arriva pas au Malade imaginaire, après le départ de M. Purgon, fut décerné à Mme Canigou par les mains de la nature, lorsque l'assassinat du dernier grain de poussière la livra pieds et plumeaux liés à l'inaction et à la mélancolie.

De la dyspepsie, elle tomba dans la bradypepsie, de la bradypepsie, elle tomba dans la lienterie, de la lienterie dans la dyssenterie et de la dyssenterie dans la privation de la vie.

Ce fut un joli convoi !

Son roublard de mari — tiens, au fait, je n'en ai pas parlé — put enfin fumer tranquillement sa pipe et décrotter ses pauvres pieds sur les bâtons des chaises. Gai !

La morale de cette histoire, c'est *memento quia pulvis es et in pulverem reverteris*, c'est-à-dire, souviens-toi que tu es poussière, et fiche-moi donc la paix à celle des autres, — quand il n'y en a pas trop.

CE QU'ELLE AVAIT

CE QU'ELLE AVAIT

Oui, qu'avait-elle, samedi, Mme de Bray, une jolie petite mariée de trois mois à peine? Quel motif secret la rendait, depuis le matin, si agacée? Pourquoi répondait-elle aux tendres questions de son mari, gentleman parisien des plus amoureux. par des soupirs, par des airs de colombe résignée à souffrir, ou par des phrases énigmatiques :

—Laissez-moi, Alphonse, je vous en prie. Vous saurez tout plus tard, » disait-elle, pelotonnée

comme une adorable petite vieille au coin de son
feu.

Alphonse de Bray, ému, la comblait de préve-
nances importunes, lui offrait des coussins, des
trésors, tout !...

— Mais, qu'as-tu, mon enfant ? Voyons, parle.
Oh ! le gros soupir !... Es-tu malade ? Désires-tu
quelque chose ?

— Non, murmura-t-elle, les yeux demi-clos,
pâle, non, je n'ai besoin de rien : de calme seulement. Laissez-moi reposer. J'ai envoyé chercher
maman, elle me soignera, si cela est nécessaire.
Allez à vos affaires, Alphonse.

Ce soir, peut-être, on vous dira le secret.

— Bien vrai, Gabrielle ?

— Oui, vrai ; mais laissez-moi, je vais devenir
méchante, je le sens, si vous restez là, tout droit
devant moi. J'ai les nerfs exaspérés. Ayez pitié de
moi, mon ami.

— Enfant, va ! Allons, tes moindres désirs sont
des ordres. Je me résigne. Je vais sortir, par ce
joli temps, puisque tu l'exiges. Mais, au nom du
ciel, demande un peu de force à ta mère, et ne
lui cache rien. Je n'ose deviner ! Mais si tu savais
combien je t'aime, Gabrielle, tu n'hésiterais pas à
me confier ton petit cœur ! Veux-tu que j'essaye,
bien doucement, d'ouvrir ce précieux coffret, et
de regarder dedans, un petit instant ?

— Non, mon ami, ayez de la patience. C'est une crise, cela va se passer tout seul. Vous êtes trop bon ! Cela me coûte de vous renvoyer si durement, mais, il le faut. Abandonnez-moi à ma mère.

— Alors, à bientôt.

L'entretien que nous avons l'honneur de rapporter avait eu lieu, vers huit heures, dans la chambre à coucher de madame, un nid exquis. Madame n'avait pu dîner. Languissante, elle déchirait les bandes des journaux du soir qu'on venait de lui apporter, tandis que, tantôt à ses genoux sur le tapis, tantôt à ses côtés, sur la chaise longue où elle était comme affaissée, monsieur, suppliant, lui parlait avec une émotion passionnée des plus touchantes.

Ayant reçu le congé de la façon que nous avons dite ci-dessus, M. de Bray, un peu piqué intérieurement, se dirigeait vers la porte, lorsque sa capricieuse épouse, le rappelant, le pria, d'une voix brisée, d'envoyer Pierre acheter tous les journaux possibles dans les kiosques :

— Beaucoup de petits journaux, mon ami. Dites à Pierre de me les monter tout de suite.

— Bien. Dans un instant, tu seras satisfaite, Gabrielle. Mais quelle liseuse tu fais ! Je n'en reviens pas. Tu n'étais point au bal de... pourtant, et un chroniqueur ne peut avoir eu l'aplomb de parler

4

de ta dernière toilette... Enfin ! je vole prévenir Pierre.

Et M. de Bray, ayant baisé la main frêle de la divine, de la séduisante compagne de sa vie, s'éloigna.

Pierre prévenu, M. de Bray s'en alla à pied par les boulevards dans la direction de son cercle :

— Que peut-elle avoir ?

Cette question revenait sans cesse sur ses lèvres. Certes, pensait-il, en examinant distraitement les passants, ma femme a quelque chose. C'est étrange ! Oh! si c'était ce que j'espère, ce que je n'hésite pas à espérer, après trois mois d'une union si parfaite et si constante ?...

— Elle m'a demandé beaucoup de journaux. Ce n'est pas son habitude, cependant, de plonger son cher petit nez dans ces papiers qui sentent si mauvais ! Quelle folie soudaine ! Quelle envie singulière ! Une envie ?... Mais c'est cela même. *Euréka !* Je suis !... Oh! non, c'est trop de bonheur après trop d'inquiétudes... Je vais être père ! C'est évident. Mais oui, ce malaise inexplicable, subit, cet ébranlement nerveux, cet alanguissement général, ces regards mouillés... C'est cela !

— Pauvre ange ! s'écria tout haut M. de Bray, sans remarquer l'ébahissement des promeneurs. Ah! le pauvre petit chat! elle n'ose rien me dire encore ; elle n'est pas certaine ; elle a peur de se

tromper, voilà pourquoi on me renvoie. Il faut
consulter la maman, la savante maman, avant de
rien avouer à son bienheureux petit mari. Chère
Gabrielle ! mon doux trésor ! Oh ! que je suis ému.
Tonnerre ! Alphonse, mon garçon, te voilà grandi
de cent coudées : Un enfant, un petit marmot,
avec des mains d'ange, un petit poing fermé, tout
ridé, mais rose comme une fleur ! un enfant, à
moi, à moi seul ! Ma Gabrielle, pardon ! J'étais un
peu fâché tout à l'heure, en te quittant. Je croyais,
fou que j'étais, à une lubie, à un caprice, et c'est...
un petit enfant qui est venu, majestueusement, à
nous ! J'étouffe, ma parole ! quel coup je viens de
recevoir en pleine âme !

Et le brave de Bray, tirant des bouffées précipi-
tées et volumineuses de son londrès, rouge comme
un phare, arpentait les trottoirs, léger, gai comme
un véritable gamin.

Tout le monde, quand il arriva au cercle, remarqua son air charmé. On plaisanta le nouveau marié. Il répondit aux compliments par des éclats de
gaieté. Il fit une ou deux parties et les perdit.
Malheur au jeu, bonheur en amour, lui criait-on.
Il riait et payait. Bref, à son extrême agitation,
à ses airs fous, on devina une partie de son
bonheur.

Comme on lui parlait d'un fils futur, il se ren-
gorgea naïvement, et ne répondit ni oui, ni non.

On le plaisanta. Il riposta par des poignées de main à droite et à gauche, par des tapes sur l'épaule, par des gestes pleins d'expansion.

Accablé de félicitations, il retourna chez lui d'un pas allègre, humant l'air froid avec délices et soupirant à pleins poumons.

Certes, si jamais homme s'estima heureux, ce fut Alphonse de Bray, samedi soir.

Quand il arriva dans le réduit sacré et charmant où reposait depuis longtemps madame, et qu'il aperçut la figure de la chère petite, noyée dans les dentelles des oreillers, il tressaillit et marcha sur la pointe de ses bottines.

Puis il alla s'agenouiller saintement au pied de ce lit adoré et, doucement, demanda à sa femme comment elle allait.

— Tristement, répondit-elle avec effort. Mais tout est fini, cela vaut mieux ainsi. L'incertitude me tuait. Maintenant que la chose est faite, je crois que je m'habituerai, avec le temps, à la pensée qui m'a navrée aujourd'hui.

— Navrée! mon amour? et pourquoi? s'écria tout à coup M. de Bray, surpris. Va, petite, j'ai tout deviné. Je comprends tout. Tu peux parler. Je t'aime, Gabrielle, et je suis le plus heureux des hommes! parle.

— Eh bien, mon ami... Mais cela est si drôle...

— Être mère, tu trouves cela drôle!... Ah! Gabrielle!

— Moi, mère!... Qui vous a dit cela, Alphonse?

— Mais ton état... ton trouble... ta mine altérée et si ravissante... tes envies...

— Ah! mon ami! quelle erreur! Il s'agit de Lemaque.

— Lemaque! l'acteur, le ténor de l'Opéra-Comique, qui a de si jolies moustaches?

— Précisément. On va reprendre *Vert-Vert*. Or, ce jeune homme ne peut pas jouer *Vert-Vert* avec ses moustaches. Les coupera-t-il, ne les coupera-t-il pas? Telle est la question qui révolutionne Paris. Tous les journaux s'occupent de cela; ne le savez-vous pas?

— Lemaque?... qu'est-ce que... Mais je deviens fou! gémit M. de Bray.

— Eh bien, mon ami, toutes ces dames, maman, mes sœurs, moi, tout le monde enfin, nous nous occupions de cette grave question : Lemaque résiliera-t-il son engagement, ou coupera-t-il ses moustaches? Cela devait être décidé et annoncé au public aujourd'hui. Vous pensez quelle était notre anxiété. Il est de ces idées auxquelles on ne peut pas se faire... et...

— Ah! mon Dieu! et moi qui espérais... Quel rêve détruit!

4.

— Il les a coupées ce matin!... C'en est fait!
Ah! Alphonse! nous sommes désolées.

— Au diable!... que le tonnerre...

— Ah! vous ne m'aimez plus, Alphonse! »

Et Mme de Bray se mit à sangloter.

ROI DES GOSSES

ROI DES GOSSES

~~~~~~~~

Dans Paris, la grand'ville, il existe une très petite fille dont quelqu'un, que je n'ai pas à nommer, est tendrement fier. Il a pour cela, comme Trissotin amoureux de son sonnet, cette suprême raison qu'il en est l'auteur.

Cette très petite fille a trouvé l'explication suivante des rentrées tardives de son père :

— La nuit, dans les rues, les messieurs papas, ils mangent la lune.

N'en déplaise à la très petite fille, la nuit, les messieurs papas ne dévorent pas toujours le flamboyant beefsteack céleste. Mais, sous ses rayons délicats, parfois ils font des rencontres bizarres.

Puis-je raconter l'une d'elles ? Le récit en sera court. C'est l'histoire d'un des nombreux oubliés de ce Saint-Nicolas, qui est pourtant le patron des petits garçons.

Aux hommes de suppléer les saints, surtout au moment des étrennes.

Bientôt, le matin du jour de l'an, il y aura dans les logis pauvres, hélas ! bien des petites mains vides.

O les messieurs papas, songez-y, pendant que vous êtes en train d'acheter de quoi combler les petites mains déjà si pleines, et... regardez autour de vous, le soir, quand vous sortez des boutiques brillantes.

Roi-des-Gosses, dont je vais vous parler, a de nombreux frères ; rappelez-le-vous.

Ce n'est que le pain du corps que donne le bureau de bienfaisance. Complétez-le. Un joujou, cela nourrit l'âme de l'enfant.

On a beaucoup discouru sur le secret de Polichinelle, et on en a donné de nombreuses explications. Le vrai, le seul, le doux secret de l'aimable Polichinelle, voyez-vous, c'est de faire longtemps oublier aux enfants pauvres, rien que par la vue de ses habits éclatants, le repas trop court et la froide journée trop longue.

Que les messieurs papas riches délèguent donc Polichinelle, le plus qu'ils peuvent, auprès des misères enfantines.

Arrivons à Roi-des-Gosses.

Donc, une nuit, je mangeais la lune dans les rues, sans appétit d'ailleurs, car il était une heure du matin et le quartier que j'arpentais (il porte le gracieux nom de Plaisance) était — il est toujours — fort désert. Les chats même faisaient relâche, on n'en rencontrait pas la queue d'un. La douceur du temps eût dû les inviter à la promenade, pourtant.

J'éperonnais mes jarrets lassés par les courses du jour, en me sonnant une marche de mon goût, c'est-à-dire en récitant des vers de Hugo. Cela fait allonger le pas et ranime comme une sonnerie de clairon.

Entre deux belles rimes, j'entendis un cliquetis cadencé de ferraille, devant moi, dans la marge d'ombre que les maisons jetaient sur le pavé, d'un côté de la rue.

Ayant plongé l'œil dans ces ténèbres, je constatai que le cliquetis était produit par une triste boîte à lait battant contre un bout de planche. Cet orchestre était porté par un petit garçon, uniquement coiffé de cette casquette capillaire que la nature prodigue, épaisse et inextricable, aux gamins des rues.

Si la coiffure était simple, en revanche le costume du pauvre être était infiniment plus compliqué.

Il se composait — je le donne en mille à deviner — d'un immense corset de femme grande et grosse, corset noir encore brodé d'éventails en soie rouge, auquel, à la hauteur des *goussets*, qui étaient énormes, on avait ajouté des manches.

Cette carapace, busquée comme l'arête ventrale du pourpoint d'un matamore, enveloppait l'enfant du col aux genoux. Une sorte de pantalon noir, en loques, faisait suite à cette cuirasse féminine, détournée de son emploi, et enveloppait tant bien que mal les petites jambes.

L'enfant marchait pieds nus.

Sa tête émergeait, comme celle d'une tortue de ce corset métamorphosé en paletot, et, chevelue comme je l'ai dit plus haut, faisait l'effet le plus singulier.

C'eût été très comique, si ce n'avait été si navrant.

J'abordai le gamin perdu, à une heure du matin, dans les interminables rues de la banlieue.

— Où vas-tu ?

— A Malakoff.

— D'où viens-tu ?

— De l'avenue de la Tour-Maubourg.

Puis me montrant sa boîte au lait :

— Je suis arrivé trop tard à la porte de la caserne. Il n'y avait plus de soupe. Je suis allé dans les restaurants. *Nibe !*

— Et tu vas souvent à la caserne ?

— Le matin et le soir.

— Comment t'appelles-tu ?

— *Roi-des-Gosses*. Ils m'ont appelé comme cela à cause de mon corset qui est trop beau. C'est un *biffin* qui nous l'a donné. Vive les biffins !

Je m'associai de tout mon cœur à ce vivat en l'honneur des chiffonniers compatissants.

Tout en marchant de conserve, le moutard me dit son âge, six ans ; que cela était dur d'aller deux fois par jour du village de Malakoff au Champ de Mars, et retour ; qu'il était l'aîné de quatre enfants, et que, chez lui, on mangeait la soupe dans des pots à fleurs nettoyés et munis d'un bouchon ; qu'il voudrait bien être saltimbanque, pour faire la parade avec un tambour ; que sa mère était partie ; qu'il n'avait jamais peur ; que le bout de planche qu'il portait, il l'avait ramassé pour se défendre ; qu'un soir, au pont de Vanves, il s'était caché dans un fossé pour voir des agents, cachés comme lui, sauter sur des voleurs au moment de l'escalade d'un marchand de vin.

J'accompagnai Roi-des-Gosses jusqu'à la porte Brancion, où, après lui avoir donné un léger viatique, je lui souhaitai bon voyage et pas de mauvaise rencontre.

Mais j'avais le cœur serré, et vous l'eussiez eu comme moi, en voyant de loin, hors des fortifications, sur la route inondée de la clarté de la lune, le pauvre petit être, engoncé dans son corset fantastique, qui s'en allait solitaire, cliquetant de nouveau sa boîte à lait vide contre son bout de planche.

Messieurs les sénateurs, messieurs les députés qui versez des larmes sur le sort des oblats, bien nourris et bien joufflus, qu'on a légèrement mis à la porte en ces temps derniers, est-ce qu'il ne serait pas enfin temps pour vous de lâcher les gros capucins vos amours pour vous occuper un peu de Roi-des-Gosses et de ses confrères?

JOSUAH ELECTRICMANN

~~~~~~~~~

Tout le monde sait que Josuah Électricmann, le prodigieux savant américain, vient d'annoncer qu'il est sur le point d'inventer une machine, destinée à tenir lieu du père de famille dans la société, et qu'il a déjà nommée le *Galvanomaître de maison*.

Un de mes amis, qui habite New-York, a été invité par moi à visiter l'étonnant inventeur et à le *photoplumografier*.

Voici son *portraitgramme*, que nous envoie notre ami lointain.

-- Trente-sept ans. Le cœur beaucoup plus à droite que ne le pense Molière. Une barbiche noire. Des yeux excellents. Ils étaient mauvais jadis, mais il les a perfectionnés en les remplaçant, après leur ablation éthérisée, — opération qui est une véritable partie de plaisir, — par un double *prunelloglass* à crémaillère, son invention de début, un instrument qui permet d'être, à volonté, myope pour les études micrographiques, ou presbyte pour la manœuvre des disques colorés sur les lignes de chemins de fer.

Je l'ai trouvé, cet homme sans égal, assis, au centre de son immense cabinet de travail, sur un siège (breveté Paris, Londres, Philadelphie, Vienne), qui peut, selon le besoin, se transformer en perchoir à perroquet ou en support pour bouteilles, et qui peut également servir de traîneau en temps de neige et de presse à linge le jour de la lessive. C'est extrêmement commode.

Les murailles du cabinet de Josuah Électricmann, l'intarifiable inventeur, sont pailletées d'innombrables constellations de boutons d'ivoire, points de départ d'un immense réseau de fils conducteurs qui correspondent à toutes les stations télégraphiques du globe.

Pour tout ornement, au milieu d'un panneau semé de boutons électriques, une vaste bordure d'or encadre une glace dépolie sur laquelle, grâce aux avant-dernières inventions du célèbre électricien, le *colorofixe* et le *vultugraphe,* on est libre, quand on en éprouve le désir, de se faire peindre instantanément les plus merveilleux tableaux de la terre, des tableaux vivants et animés, du plus incontestable naturalisme.

Grâce à cette magique combinaison de deux appareils, qui au premier abord ont l'air de deux obscurs irrigateurs, Josuah Électricmann jouit d'une collection sans rivale de panoramas splendides et de scènes urbaines délicieuses.

C'est encore un journal peint du plus haut intérêt. Le fait-divers y apparaît en chair et en os. Les plus secrètes vitriolades y sont révélées dans toute leur horreur.

Un simple coup de pouce au bouton n° 4334 et le *vultugraphe* de Bornéo, par exemple, soudain allié avec le *colorofixe* de la même station, reproduit, à l'instant, dans le cabinet d'Electricmann, ce qui se passe dans une forêt absolument vierge ou récemment mariée, fût-ce le passage aimable d'une noce de singes troublée par les réclamations d'un tigre dérangé pendant sa sieste.

Mais, en pressant le bouton n° 22 (les deux cocottes, comme on dirait au loto), Josuah Electricmann peut faire succéder à la noce de singes une noce d'étudiants parisiens à l'heure de « Tout à la joie ».

Electricmann invente en déjeunant, ou déjeune en inventant. Rien de plus facile. Au moment des repas, il place dans son œsophage un tube, sans quitter sa table de travail, et, à l'orifice de ce tube, il égrène un chapelet de perles d'extraits de toute sorte, — grog au bœuf, beefsteak concentré,

essence de légumes, fromage en pilules, vin en
capsules, arôme solidifié de moka, etc., etc., tous
produits brevetés à Paris, Londres, Philadelphie et
Vienne.

Pendant qu'il ingurgite et déglute, il dicte des
inventions à son *Scribographe*, un secrétaire méca-
nique, jamais malade, toujours souriant.

Le *scribographe*, une des découvertes qui font le
plus grand honneur à Josuah, est une greffe heureuse du *stylocurse* sur le *phonographe*.

Le *scribographe* — berceau et point de départ
du *galvanomaître*, — écrit, dessine, peint, sculpte,
compte les chemises, range les bouquins, fait les
recherches dans les bibliothèques, recouvre les
vieux parapluies, enfin, nuit et jour, joue le rôle
de ce personnage, désormais inutilisé, qui, dans
les riches familles, s'occupait surtout de faire la
cour à la demoiselle de la maison.

C'est un véritable trésor ! 200 francs avec ressorts
en nickel ; 150 francs en cuivre.

Ayant bien déjeuné, comme Jacquot, l'honorable Josuah Electricmann consulte, en y appli-
quant le pouls, son *Médicofère*, — un médecin
électrique à cadran mobile, — et si l'aiguille marque 75 degrés, c'est-à-dire l'équilibre parfait des
facultés, le grand savant dit ses Grâces à l'aide
d'un *Théotélégramme* très curieux, qui permet de
prier même en faisant du trapèze, ce qui rend les

plus grands services aux acrobates protestants sur
tout le territoire de l'Union.

Les Grâces dites, il donne un coup de pouce au bouton n° 1027, ce qui amène une lecture, par le *poétogène*, combiné avec le *vaporistrophes*, des passages les plus remarquables de nos meilleurs auteurs.

Il y a un mois, — comme il activait la chi-
mification de son déjeuner à grand renfort de
pastilles de Vichy, fabriquées à Chicago avec les
trichines dont on ne veut plus entendre parler en
Europe (encore un coup monté par les marchands
de morue, qui veulent anéantir la consommation
des jambons!), — il y a mois, dis-je, pendant que
l'appareil digestif de M. Electricmann faisait son
office, le propriétaire de cet appareil sentit, dans
la région du cœur, une sorte de vague, de vide,
tout à fait particulier.

Ce vague, ce vide, étaient produits par l'effet
banal, sur la nature reverdissante de ce luminaire
si démodé de nos jours, et que peu de personnes
vénèrent encore sous le nom de Soleil.

En un mot, le printemps renaissait (vieux style).

Incité de la sorte, M. Electricmann, s'adressant
à son *scribographe*, s'écria :

— La damnation de Cromwel soit sur moi et sur
vous! mais c'est qu'en vérité, j'ai totalement oublié de songer à perpétuer ma race! Il faut que je
me marie tout en inventant. Que faire? Répondez.

Le *scribographe* répondit, avec sa voix bizarre où se mélangent les grincements acerbes des plumes d'oie et de fer et l'enrouement obscur d'un ventriloque indisposé :

— Presser boutons 4 et 8, — interrompre courant. — Revenir à bouton 4. — Pianoter sur pédale 3603. — Adapter radiomètre. Presser 6. 29. 33. — Sonner au 29, interrompre courant. Fixer 1-6034-24-110. — La voie est libre.

Telle est la formule, paraît-il, pour obtenir, avec les appareils du prodigieux Josuah, un mariage réunissant toutes les convenances.

Ce fut, pendant dix minutes, une infernale manœuvre. On n'entendait que timbres résonner et que sonnettes d'alarme tinter éperdument.

Il s'agissait de combiner, d'embrancher, les uns sur les autres, le *vultugraphe*, le *phonographe*, le *téléphone*, le *colorofixe*, le *poétogène*, le *scribographe*, le *médicofère*, l'*auriculophile*, et une infinité d'autres inventions du merveilleux Electrimann.

Pendant l'opération, tout en inventant, il savourait l'odeur d'un délicieux brévas, que l'une de ses machines, l'*autocigarofume*, promenait sous son nez. En même temps, un *capillophobe*, barbier à vapeur de chloroforme poudrerizée, rasait avec dextérité l'homme de génie du Nouveau-Monde.

Un quart d'heure après, sans avoir quitté son cabinet, Electricmann savait la couleur des cheveux, les noms et prénoms, le son de la voix, le poids, le nombre de pulsations, les goûts, l'état sanitaire, les talents, l'âge, la force, les tendances, la résistance morale, les aspirations, la pointure, le tour de taille, le savoir, l'odeur de toutes les filles ou femmes non mariées des cinq parties du monde, qui rêvaient déjà les délices d'une union avec un homme aussi pratique que lui.

Il fut même télégrammé dans la lune et dans les étoiles, ces pâles chandelles.

La lune ouvrit des yeux!

Elle en ouvrit de plus étonnés encore quand, pendant trois nuits, elle aperçut, dans le ciel, des annonces gigantesques, visibles de tous les points de l'univers, annonces projetées au moyen de pinceaux d'une intense lumière galvanique colorée, inventée par Electricmann.

Ces annonces demandaient une femme pour le fameux inventeur des États-Unis, et se terminaient, uniformément, par cet avis : Pas de dos ronds!

La femme demandée a été trouvée et épousée avant-hier. En trois heures, ç'a été une affaire bâclée.

On s'est marié, bien entendu, au télégraphe : l'épouse habite le Groënland.

Les témoins, de vieux et chers amis du fiancé, qui demeurent, l'un en Australie, l'autre à Romainville, le troisième à Téhéran et le dernier dans le

Transvaal, chez les Boërs, ont été prévenus par
télégrammes, et, pendant qu'un pasteur, dûment
averti par les mêmes agents, mais sans cesser
de labourer son jardin, confiait au téléphone
les paroles nécessaires en pareille circonstance,
l'heureux époux jetait les bases de sa future et
renversante invention finale, le *galvanomaître
de maison*, tout en prononçant le *oui* sacra-
mentel.

Et le soir...

Mais là est le *hic*.

Electricmann n'a pas le temps d'aller chercher
sa femme au Groënland, et ce n'est que dans un
semestre que les parents de la jeune fille pensent
pouvoir en faire livraison', même en employant
les voies rapides de terre et de mer, grande vi-
tesse.

Ah! si l'*aérovéloce*, c'est-à-dire le *ballon-ex-
press* de Josuah, était achevé, ça irait comme sur
des roulettes; mais voilà, l'*aérovéloce* n'est pas
achevé.

Aussi, vivement contrarié par le retard forcé que
va subir son projet d'union, le célèbre Electricmann cherche, en ce moment, tout en continuant
son *galvanomaître de maison*, comment il pourrait
cueillir, sans se déranger, la fleur de l'oranger
groënlandais.

On dit tout bas, aux États-Unis, que Josuah

Electricmann se regardera comme déshonoré, et qu'il exécutera un suicide *par volatilisation*, s'il n'arrive pas à inventer un appareil indispensable aux gens de science, et qui est baptisé déjà, dans son esprit, sous le nom de l'*Amouradistançophone*.

L'ÉTOILE TERRESTRE

~~~~~~~~

Il était décidé à s'évader de sa souffrance, cela est certain. Quand et où ? il l'ignorait encore. L'arme, elle était choisie. Il la portait même sur lui, depuis le matin, couchée dans son riche étui, et pareille à une vipère qui sommeille, froide, immobile, prête à mordre.

— Mais le lieu, mais l'heure convenable pour ce duel bref d'un homme avec la vie, il ne les avait pas nettement déterminés dans son esprit.

Il allait donc, au hasard devant lui, sans rien regarder, à travers la brume roussâtre de chaleur et de poussière dont se voilaient les constellations de gaz du boulevard, décrivant dans sa marche les méandres que trace la flânerie farouche du désespoir, devant la noire ivresse de son irrémédiable chagrin, les yeux secs.

Ce fut le parfum pénétrant d'une fleur du midi,

respiré soudain, comme il passait devant le riant
étalage d'un bouquetier célèbre, qui fit tomber
dans la coupe amèrement pleine de son âme cette
goutte suprême destinée à la faire déborder.

Ce parfum, grand Dieu ! il l'avait si souvent
senti, avec passion, mêlé à la troublante senteur
de fins cheveux modérés, quand il se penchait,
dans les salons, l'hiver, tremblant d'une ardeur
silencieuse, au-dessus d'une tête charmante, absolument puérile, hélas ! mais qu'il aimait plus que
tout sur la terre.

A l'instant, ce parfum évoqua la jeune femme
impitoyable dans sa frivolité, pour laquelle, pendant trois années, trois années vécues heure par
heure dans des alternatives anéantissantes d'espé-
rances folles et de déceptions brutales, son amour,
un amour d'homme de quarante ans, fougueux,
ingénieux, délicat et touchant, n'avait jamais eu
d'autre importance — il le savait à présent — que
celle d'une sorte de complément de toilette de *high
life*, — un peu plus qu'un éventail rare, peut-être.

Eh ! sans doute, cet amour ; elle était loin de le
dédaigner ; il était pour elle comme une espèce de
bijou d'un goût captivant, ayant le don de ne pas
se banaliser, s'accomodant avec toutes ses robes,
un bijou apprécié , envié même par certaines
femmes, ses amies, dont elle reconnaissait secrètement la supériorité. Il était, en somme, flatteur à

produire en public, peu compromettant, et ne lui
coûtait rien, ou presque rien dont sa prudence pût
avoir à se repentir : un regard céleste quelconque,
un demi-sourire, un doigt qu'on laisse frôler en
offrant la tasse de thé...

Aussi, vertueuse, mais déloyale, au lieu de tuer
net d'un mot honnête l'espoir dans le cœur de cet
homme que l'amour faisait crédule, impatient et
naïf comme un enfant, elle répondit à son premier aveu d'adoration par une de ces phrases de
refus, de dévouement offert, gentiment banales,
où un chercheur de plaisirs eût vu une inacceptable
offre de tendresse idéale, qui l'eût fait s'éloigner à
grands pas, mais qui sembla au contraire à ce
noble esprit, amoureux, purifié par la sincérité de
sa passion, la parole même, voilée d'une pudique
réserve, d'une âme exquise palpitant à l'unisson
de la sienne.

Il se crut aimé. Elle, sans cruauté calculée, in-
consciente même, ne le détrompa pas. Elle ne
voulait pas perdre son intéressant complément de
toilette, voilà tout.

Aujourd'hui qu'il était désabusé, seul, son amour
ayant coulé à pic, le malheureux homme qui s'é-
tait donné tout entier voulait en finir.

Une angoisse aiguë insupportable l'envahit aussitôt qu'il eut respiré le cher parfum de la fleur
qu'elle aimait.

C'est une histoire très banale et très vieille, comme dit Henri Heine, mais celui à qui elle vient d'arriver en a le cœur brisé.

— Allons, dit-il, ce sera ce soir.

Il pressa le pas, la tête en feu, arriva dans une gare, prit un billet pour l'une des stations dont le nom, en lettres blanches sur une plaque bleue, frappa le premier ses yeux égarés, à côté d'un guichet près duquel un employé obligeant fit remarquer à ce monsieur qu'il oubliait de ramasser sa monnaie.

Il monta dans un compartiment vide. Il comptait se soustraire là, en route, à ce spasme horrible qui tenaillait sa poitrine sans relâche et lui arrachait d'horribles soupirs.

Au moment où le train allait partir, un voyageur en retard, suant, soufflant, mais gai d'être enwagonné tout de même, sacrebleu, monsieur! vint tomber à côté de lui, au milieu d'une petite avalanche de paquets et de journaux.

Le voyageur en retard débordait de joie. Il eût été inutile de chercher à l'endiguer. Sa femme l'attendait. S'il eût raté l'express, on l'aurait cru mort chez lui. Il offrit cigares sur journaux à son taciturne compagnon de route.

Le taciturne compagnon, poli, mais froid, refusa les journaux, refusa les cigares, refusa même d'en-t rer en conversation.

Il était perdu dans la contemplation douloureuse d'un spectre obsédant, le spectre de la délicieuse et perfide jeune femme qu'il ne devait plus revoir et en compagnie de laquelle, sur cette même ligne, un divin jour de l'autre saison, il avait voyagé...

Le voyageur en retard prit alors la mine d'un homme joyeux qui croise subitement un enterrement et salue une file de gens affligés. Il se tut, blinda son crâne d'un étrange petit bonnet anglais, et, fumant avec furie, il s'enfonça dans les coussins, dont les capitons, ornés à leur centre d'une cocarde grise, ont l'air d'innombrables paires d'yeux de chouettes sévèrement fixés sur vous.

Après une heure et demie de glissement cahoteux sur les rails, le train s'arrêta.

Saluant le voyageur en retard, qui retira ses pieds en arrière avec précipitation, le pauvre garçon au cœur ruiné descendit de wagon, traversa les voies et sortit lentement, le dernier, de la station où l'amenait le hasard d'un train de nuit, et que, selon toute apparence, il devait quitter un peu plus tard, mais cette fois pour un voyage qui durerait éternellement.

L'humidité des dernières pluies, pompée par l'ardent soleil du jour qui venait de s'écouler, et condensée par l'air du soir, s'était répandue sur les plaines en immenses brouillards. Sans la tiédeur de l'atmosphère, on se serait cru en plein novembre.

La station était déserte.

Un employé obligeant présidait seul à la sortie des rares voyageurs descendus du train. Il fit remarquer à celui qui franchit le dernier la barrière qu'il s'était sans doute trompé, qu'il dormait évidemment, que son *ticket* lui donnait droit d'aller un grand nombre de kilomètres plus loin.

— Non, fit l'interpellé, c'est bien ici que je veux m'arrêter. Ayez la bonté de m'indiquer l'hôtel le plus voisin dans la ville.

— Il y a un hôtel à côté de la station, répondit l'employé. Mais l'omnibus ne fait pas ce train-ci. Il est trop tard. — Si vous voulez, je vais vous conduire. J'ai le temps, monsieur.

L'obligeant employé remplit sa promesse.

Le voyageur, après quelques minutes de marche, au milieu de la plus épaisse obscurité, arriva à la porte d'une maison de façade confortable.

Une dame avenante, bien qu'aux yeux un peu ensommeillés, vint elle-même répondre au coup de sonnette du voyageur et de son guide.

Celui-ci fut généreusement congédié.

La dame avenante questionna le voyageur.

— Monsieur veut souper, sans doute ?

— Non, madame, répondit-il. Un lit est tout ce que je demande. — Ah ! pardon, madame, reprit-

il, pendant que, derrière son hôtesse, il traversait
une sorte de parloir où des femmes empaquetées
dans des châles à carreaux écossais dormaient sur
des chaises, attendant un train pour Paris, au
milieu de paniers qui servaient d'oreillers à de
nombreux enfants, pardon, madame, faites-moi
monter une bouteille de votre meilleur vin de
Bourgogne et deux verres, deux verres à bords
minces, surtout.

On lui apporta, dans la chambre aux boiseries
odorantes où il fut introduit, le vin et les verres
qu'il avait demandés.

— Bonsoir, monsieur. Dormez bien.

— Bonsoir, madame.

Il s'assit lourdement devant la table reluisante
où se reflétait la bougie déposée par sa conductrice,
en se retirant après son souhait de nuit paisible.

Il tira d'une poche de son pardessus un objet
recouvert de cuir brun, qui avait l'air de l'étui de
l'énorme pipe d'un Allemand fieffé.

Il l'ouvrit.

L'arme était là, maintenant, à porté de sa main.
Arme de gentleman, où l'art n'avait pas dédaigné
de s'associer à l'industrie afin de faire à la mort
tapie dans ses canons une retraite aussi élégante
que solide.

Puis il prit la bouteille, une vénérable bouteille
à la cire décolorée comme la lèvre d'un mort, et

remplit jusqu'au bord les verres qu'il avait exigés délicats et minces.

Il n'avait pas soif pourtant. Non. Il n'avait pas davantage l'intention de s'étourdir lâchement pour mettre à exécution son projet. Il avait au contraire besoin de conserver tout son sang-froid afin de ne pas s'infliger, par un manque de précision, une inutile souffrance physique.

Alors, pourquoi ce vin versé?

En agissant ainsi, il avait obéi à un tenace souvenir d'enfance et de jeunesse, subitement revenu à fleur de mémoire pendant cette triste soirée.

Jadis, quand son père, un vieillard vénérable et charmant, avait à lui communiquer une grave résolution, ou à lui faire quelque reproche un peu rude, il le faisait venir dans sa chambre à coucher, lui versait et se versait à lui-même un bon verre d'un grand vin rare et parfumé, et ce n'était qu'après que les verres avaient été tendrement choqués l'un contre l'autre et qu'ils étaient vidés, que ce père adoré, au joyeux visage, aux yeux bons et vifs, entamait enfin l'affaire qui lui tenait au cœur. Le premier choc pouvait être trop violent, le brave homme prenait la précaution de mettre, comme un tampon entre les deux adversaires, une belle goutte d'un liquide généreux et cordial, tonifiant le corps et disposant l'esprit à une conciliante aménité.

L'infortuné, aujourd'hui, en buvant, comme jadis, dans un moment solennel, un verre du vin qu'eût aimé son père, voulait dire adieu à cette chère mémoire, afin de sortir de la vie ayant au moins un nom béni sur les lèvres.

Et voici que devant ces verres pleins dont le contenu scintillait gaîment, à la lueur de la pâle bougie, dans cette chambre solitaire d'hôtel, au milieu d'un pays inconnu, le malheureux se retrouvait en face de son vieux père disparu dans l'infini.

Entrevue dernière, confrontation déchirante.

Il lui sembla que de l'autre côté de la table venait de s'asseoir de nouveau, bienveillant fantôme au sourire tout ruisselant de larmes, cette fois, le brave cœur qui l'avait tiré et consolé de tant de folies autrefois, et qu'il lui parlait plus doucement que jamais droit à l'âme.

Courbant la tête, il écouta le fantôme lui rappeler avec des mots navrants les jours et les nuits passés, par une mère et un père, maigris et blanchis d'inquiétude, usant leur vie, se privant de bien des petites satisfactions, pour arriver à donner la force et la santé à ce noble et fier garçon, aujourd'hui prêt à détruire, en une seconde, ce corps valeureux et honnête qui était leur orgueil...

Il se revit petit, chancelant de chaise en chaise,

sous l'œil des bons vieux, éclatant d'un rire d'émotion et follement embrassé par eux.

Il allait tuer cet enfant dont la gaieté et la robustesse avaient été la seule récompense de leur vie de labeurs et de peines.

Oh! pourquoi avait-il rencontré cette femme exécrée!

O père! père! père! pardon, père! mais il le faut; je ne puis supporter la pensée qu'elle me deviendra étrangère, que je ne la verrai plus, moi vivant... que c'est fini, bien fini... qu'elle ne m'aime pas. Je ne puis. Pardon, père!

Éclatant en sanglots, étouffant, il alla à l'unique fenêtre de la chambre solitaire et l'ouvrit. Une bouffée de brouillard lui mouilla finement le visage et lui fit du bien.

Il resta immobile, recevant sur le front la pluie ténue. Un grand silence régnait partout, dans la rue devinée sous la brume, et dans l'hôtel où il agonisait ses dernières minutes d'existence. Il devait être très tard.

En face de lui, vague dans la vapeur, à la hauteur d'une mansarde, il aperçut une lueur faible.

— Sans doute, se dit-il en lui-même machinalement, une lampe qui brûle encore dans la pauvre chambre de quelque misérable moins déshérité que moi, pourtant, s'il a le cœur en paix!

La faible lueur, étoile terrestre, se déplaçait par-

fois. On eût pu la comparer au fanal d'un vaisseau
à l'ancre dans une rade, et vu du port.

Mais lui, loin de songer à cela, il pensait à ce
misérable, à ce frère de douleur, que lui faisait
découvrir soudain, à quelques pas de lui, le rayon
expirant d'une lampe de veille.

Puis, il disait encore, dans un lent et muet col-
loque avec ses réflexions lamentables :

— Il y a là-haut, peut-être, non pas un homme,
un être fort, et résistant en somme, mais une
femme, hélas ! une malheureuse ouvrière de fabrique, une mère, qui sait ? martyre d'un ivrogne
horrible à qui le sort et la nature l'ont enchaînée...
Ah ! pauvre créature ! reçois ce stérile cri de com-
passion d'un mourant... toi qui consens à vivre !

Il regarda de nouveau, avidement, à travers les
ténèbres, la petite lumière ; elle brillait toujours,
faible et vague. Alors il murmura, avec exaltation :

— Ah ! pauvre fille ! pauvre fille courageuse et
résignée !... Souvent, lorsque tu reviens de ton
travail ingrat, le soir, harassée, une envie terrible
te mord au cœur en suivant le bord de la noire
rivière ; mais il y a derrière toi, s'accrochant à ton
misérable habit, deux petites mains maigres, deux
petites mains adorées, les mains de l'enfant
décharné que tu veilles en ce moment et qui gémit, doux égoïste, dans son triste berceau, implo-
rant, exigeant la chaleur de tes baisers... Hélas !

mais moi, moi! je n'ai plus rien à aimer dans ma
détresse affreuse!...

Après un long silence de cruelle méditation, il
soupira avec amertume.

Puis il se remit à parler à la nuit, comme un
fou...

— Et pourtant, je me sens plus faible et plus
égoïste que cet enfant débile qui gémit, là-haut, tor-
turant un inextinguible cœur de mère! Oui! je suis
plus égoïste et plus aveuglément lâche que lui. Que
suis-je? Qu'ai-je jamais fait? Comblé de toutes les
satisfactions, riche, oisif, ai-je eu un seul instant,
pendant la semaine de rage et de folie qui a pré-
cédé ce jour, la résignation devant la douleur et
la bravoure contre la vie adverse dont cette pauvre
fille me donne l'exemple cette nuit? — Ai-je seulement pensé à disposer, d'une façon utile, de cet
argent que ma fin brusque va jeter à d'autres qui
n'ont pas besoin... Non, égoïste, je n'ai songé qu'à
moi, misérable, et qu'à celle... qui ne vaut pas
cette ouvrière héroïque... Ah! pauvre fille!...

Il revint s'asseoir, frissonnant, et but un verre
du vin que son père lui eût conseillé de goûter
avant de prendre une résolution définitive.

Et les regards toujours attachés sur la lueur qui
pâlissait de plus en plus dans le brouillard, il
reprit :

— Qui que tu sois, être inconnu qui te consumes là-haut, comme la triste lampe qui t'éclaire, je te bénis en cette heure nouvelle pour moi, car tu m'as ouvert les yeux, car tu m'apprends le sacrifice, car tu m'apprends le devoir — Ah! je suis seul, horriblement seul, saignant d'une blessure que rien ne cicatrisera; mais cette main à présent, je te le jure, n'abrègera pas d'une heure la durée des jours décolorés qui me restent à vivre. Une besogne plus noble lui est réservée : elle fera le bien. Toi d'abord, ô ma compagne d'agonie, puis d'autres, vous l'éprouverez dès demain.

Il s'endormit, épuisé, sur sa chaise, veillé par la longue et immobile flamme de la bougie mourante.

Quand il se réveilla, il faisait grand jour. Toute espèce de brouillard s'était évaporé. Un gracieux rayon de soleil était entré dans la chambre et jouait innocemment avec l'arme oubliée sur la table.

Il la vit, tressaillit, car elle le ramenait d'un seul coup au milieu de souffrances écartées un moment par le sommeil; mais, froidement, il referma l'étui qui la cachait et le remit dans sa poche.

— Et maintenant, à la vie! s'écria-t-il.

Il courut à la croisée. Il lui tardait de voir et de saluer cette mansarde dont la lumière, pendant cette nuit de tempête, l'avait conduit, comme le feu d'un phare lointain, sinon dans le port, au moins dans des eaux calmes, et près de la côte du salut.

Il regarda et ne vit rien devant lui.

Il n'y avait pas plus de maisons devant ses yeux qu'il n'y avait de palais pour le beau-père d'Aladin, devant les yeux de ce monarque, le jour où le magicien africain enleva Bradroulboudour et son pavillon de pierreries.

— Ai-je rêvé?

Il n'avait pas rêvé. Il y avait eu réellement, devant lui, pendant la nuit, une lumière vacillante dans le brouillard. Seulement, — comme il s'en rendit compte un instant après, à la suite d'un court examen qui amena un pâle sourire sur ses lèvres, — cette lumière était celle d'un des derniers réverbères de la cour de la gare.

Mais qu'importe! Il avait résolu de suivre la voie consolatrice où le Samaritain a passé l'un des premiers, en y laissant le doux parfum de sa bonne action, et, comme c'est surtout des malheureux qu'on peut dire, hélas : *Un de perdu, dix de retrouvés*, il accepta la déception sans murmure.

Il retourna à Paris.

7

CELA PORTE BONHEUR

CELA PORTE BONHEUR

Mme de Bel-Hublot, née Annie de La Brigantine, la charmante Mme de Bel-Hublot, une étoile des premières représentations, dont la chevelure et les toilettes merveilleuses fournissent annuellement quatre ou cinq cents lignes de copie aux reporters des fêtes de la haute vie, Mme de Bel-Hublot, enfin, la femme de Bel-Hublot, capitaine de frégate, est extrêmement superstitieuse.

Aussi superstitieuse qu'honnête, ce qui n'est pas peu dire, car le cœur de Mme de Bel-Hublot, née Annie de La Brigantine, est l'antre délicat d'un farouche dragon de vertu, un dragon de mer.

Mais il ne s'agit point de la vertu de Mme de Bel-Hublot. Cette question intéresse seul M. Maurice Brepton, un jeune diplomate de la plus belle espérance, que quelques vieilles dames hors d'usage font passer pour l'amant de toutes les chères créatures dont les maris sont absents.

M. de Bel-Hublot, étant en station sur la côte occidentale de l'Afrique, depuis trois ans, il était naturel que les vieilles dames aux millésimes complètement effacés, dont nous parlons, donnassent un soupirant à sa jeune femme.

Mais encore une fois, cela ne nous regarde pas.

Les idées superstitieuses de Mme de Bel-Hublot, en revanche, sont connues de tout le monde; tout le monde en parle; il est de notre devoir de ne les point passer sous silence.

Or, Mme de Bel-Hublot, dans un moment d'épanchement, a confié à l'une de ses meilleures ennemies, il y a quinze jours à peu près, que ce qu'elle redoutait le plus, le matin du 1er janvier, c'était de voir un visage de femme.

— L'an dernier, ma chère, disait-elle à cette ennemie intime (la grosse Aldegonde de Saint-Chipolata), l'an dernier, ma chère, sachant bien, hélas! que le visage de M. de Bel-Hublot ne me sourirait naturellement pas le premier le jour de l'An, puisque le cher garçon était déjà sur la côte d'Afrique, j'ai fait monter le facteur, et je l'ai embrassé, en le comblant de pièces de cinq francs.

— Bah! s'est écriée Mᵐᵉ de Saint-Chipolata; bah! ne pouviez-vous évoquer votre concierge?

— Oh! non. Vous savez, ma belle, que je suis très superstitieuse. Eh bien, embrasser la première figure masculine qu'on voit, ce jour-là, cela porte bonheur. Il faut, en outre, que cette figure masculine appartienne à quelqu'un d'étranger à la maison, sans cela, j'aurais dit à Marguerite de prier le cocher de venir me trouver.

La grosse Aldegonde de Saint-Chipolata avait beaucoup ri de l'invention folle de Mᵐᵉ de Bel-Hublot. Elle avait demandé, en outre, ce que Mᵐᵉ de Bel-Hublot comptait faire le 1er janvier prochain.

Je l'ignore, hélas! avait répondu Mᵐᵉ de Bel-Hublot, née Annie de La Brigantine.

L'histoire du facteur qui porte bonheur, en sa qualité de secret confié à une amie, avait naturel-

lement été contée à plusieurs personnes, par la
charitable Aldégonde de Saint-Chipolata.

M. Maurice Brepton n'avait pas été le dernier à
l'apprendre. Il avait été tout simplement le quatrième. Et cette nouvelle égayante lui procura un
subit battement de cœur, suivi d'un éclair d'espoir.

— Si je...? Oui, c'est cela!... Si je... s'était dit
notre jeune diplomate de la plus belle espérance,
si je... prenais la place du facteur ?... Si je... cette
année même... dans quelques jours ! ô joie ! ô délices intarissables !

Certes, nous l'avons dit, les manœuvres à l'extérieur, tentées ou non par M. Maurice Brepton, dans
le but d'amener Mᵐᵉ de Bel-Hublot au mépris et à
la haine de ses serments de fidélité, ne nous regardent pas. Nous n'avons pas à nous en occuper.

Les motifs qui pouvaient pousser le dit Maurice
Brepton à prendre la place du facteur, le matin
du jour de l'An, ne doivent pas être examinés par
nous.

Contentons-nous de dire que l'espoir d'obtenir
d'une jolie femme — vous fût-elle indifférente —
un baiser ou deux est évidemment une chose très
tentante, et nous comprenons parfaitement que
M. Maurice Brepton songeât à atteindre ce but
agréable.

Mais comment arriver au cœur du labyrinthe !

Comment apparaître devant ce joli minotaure sans éveiller ses soupçons, sans éveiller surtout ceux des gens de l'hôtel.

Se déguiser en facteur? Hein? Cela n'est pas commode. Les journaux de l'opposition pourraient crier à la violation du secret des lettres, en apprenant la mascarade.

Bref, après quelques heures de réflexions et de calculs, M. Maurice Brepton prit le parti de soudoyer le porteur d'eau de l'office.

Je feindrai d'apporter une voie d'eau de bonne heure, et puisque Mme de Bel-Hublot fait conduire dans sa chambre — oh ! sanctuaire ! — le premier homme qui se présente à l'hôtel, je puis espérer être amené devant elle. Un baiser délicieux, en tout bien tout honneur, auquel sa parfaite innocence donnera un prix que n'atteignirent jamais ceux que j'ai rencontrés sur ma route, me sera décerné, et l'ivresse la plus pure inondera mon cœur.

Ainsi parla, dans son fumoir solitaire, le jeune Maurice Brepton, et, comme la laitière de la fable, il sauta de joie en l'air. Cette action étonna au dernier point son valet de chambre qui, le fer à friser en main, se disposait à rendre son maître joli comme un cœur.

Maurice Brepton, pendant les nuits qui précédèrent la veille de la Saint-Sylvestre, ne dormit

point ou peu. Son projet hardi lui faisait passer,
lorsqu'il y songeait, des frissons terribles dans le
dos.

Enfin, le matin du jour de l'An, sombre et froid,
arriva à pas lents, comme la justice, mais il arriva
enfin.

Maurice fou d'espoir se rendit dès l'aube chez le
charbonnier en question. Le compatriote de plusieurs des flambeaux de la Chambre et du Sénat lui
confia son propre costume, lui enseigna la manière
de porter les sceaux avec élégance et force, lui
barbouilla légèrement le visage, lui décrivit les
détours du Sérail, traduisez les couloirs de l'hôtel
de Bel-Hublot.

Muni de ces renseignements professionnels, ob-
tenus à prix d'or, Maurice Brepton, tremblant
d'anxiété, se dirigea, chancelant sous le poids de
ses seaux énormes, vers la porte de la demeure de
la belle superstitieuse.

L'auvergnat en chef, qui l'avait accompagné
dans la rue de Mme de Bel-Hublot, resta dans les
environs, à l'attendre, à côté de son tonneau peint
en aimable vert-pomme.

Maurice Brepton, diplomate (il commençait sa
carrière avec quelque finesse, je pense), se présenta
dans la cour de l'hôtel, d'un air assez gauche, et,
contrefaisant le langage de son maître ès-charabia,
demanda « de quel costa la couisina ? »

— L'office, imbécile! c'est là-bas, la porte du fond, au bout du corridor A.

Mais notre pseudo-auvergnat n'avait pas encore fait cinq pas que de plusieurs portes s'élancèrent des femmes de service, cuisinières, bonnes, laveuses de vaisselles, jardinières, etc., qui, toutes aussi superstitieuses que leur maîtresse, guettaient le premier visage d'homme à son entrée dans l'hôtel.

Maurice ne s'attendait pas à cela, le malheureux; 1 fut étouffé de baisers, bousculé et, à plusieurs reprises, ses seaux se répandirent sur le dallage luisant de la cour.

— Sacré auverplot! lui cria le concierge, tu vas m'éponger ça tout à l'heure. En voilà un serin! eh bien, il commence bien l'année, celui-là!

Maurice, ahuri, rougissant, tiré à quatre femmes qui l'inondaient de caresses, et lui souhaitaient l'année bonne et heureuse, ne savait plus à quel saint se vouer.

— Allons, reprit le redoutable concierge, allons! tas... de femelles, voulez-vous le laisser tranquille ce fouchtra-là! Laissez-le donc vider ses seaux.

Maurice, débarrassé des ardentes demoiselles de la maison, fut enfin introduit dans la cuisine.

En entrant, l'un de ses seaux accrocha le coin d'une table et fit choir quelques assiettes qui se brisèrent en éclats sur le carreau.

Des hurlements de colère succédèrent aux baisers, sur les lèvres de la cuisinière et du chef, peu flatté d'ailleurs des tendresses que la dame de son cœur avait prodiguées au porteur d'eau.

Néanmoins, le calme se rétablit. On fit même boire un fort verre d'eau-de-vie à Maurice, qui l'avala de travers, toussa, pleura de douleur, et cependant fut obligé de sourire.

— Eh bien ! cria le concierge, qui avait suivi les autres domestiques dans la cuisine, eh bien, sale mangeur de châtaignes, est-ce que tu ne vas pas bientôt nous ficher le camp. Allons, haut ! On n'a plus besoin de toi. Qu'est-ce que tu attends ?

— Eche que je poura pas chouaiter la bounne année à Madame, hasarda timidement Maurice, inquiet de voir que la femme de chambre ne descendait pas le prier de la suivre chez sa maîtresse.

— Madame, imbécile, reprit le concierge, elle est partie pour Brest. Monsieur doit débarquer ce matin. Allons, débarrasse-nous le plancher, animal. Ah ! tu veux demander des étrennes à madame ! attends ! attends ! tu vas en recevoir.

Et l'on mit violemment Maurice à la porte de la cuisine, en lui lançant ses seaux d'eau dans les jambes. Un rire infernal éclata.

Le jeune diplomate, complètement affolé, sortit de l'hôtel en se disant :

— Mme de Bel-Hublot avait bien raison. La première figure que j'ai saluée ce matin appartient à un être de mon sexe. Cela ne m'a pas porté bonheur! Que le diable patafiole la grosse Aldégonde de Saint-Chipolata.

LE CANDIDAT DE MADAME

Mlle Julie, femme de chambre, domiciliée à
Noire-le-Pont, chez sa maîtresse, Mme Z... la
belle notairesse, comme on dit dans le pays, est
en train d'écrire de sa main assez blanche, du
reste, à M. Louis Watre, cocher de M. le comte
de K..., rue de Grenelle-Saint-Germain, n° ...

Lisons, sans façon, par dessus son épaule, assez
ronde d'ailleurs.

— ... « Les Noirots sont en émoi, mon cher
Louis. L'approche des élections... »

Ouvrons ici, avant de continuer, une large parenthèse. Nous avons besoin d'avertir nos lecteurs, leurs femmes et leurs belles-mères, qu'ils
peuvent se permettre sans peur la lecture de la
lettre de Mlle Julie Leroux. Nous passerons les endroits scabreux.

Quant aux paroles tendres, serments, baisers par écrit, etc., nous les laisserons tout à fait de côté. Les plus simples convenances nous en font un devoir austère. Maintenant fermons la parenthèse et poursuivons le cours de nos indiscrétions.

« ... L'approche des élections fait travailler
« toutes les têtes. On ne parle plus que de cela,
« ici. L'autre jour, le boucher, après avoir pesé
« un gigot, priait Marie, la cuisinière, d'ouvrir son
« urne : il voulait dire son panier... En outre, les
« fournisseurs de la maison ne présentent plus
« leur petite note. C'est un bulletin qu'ils en-
« voient. On n'a pas idée du désordre qui règne
« à Noire-le-Pont. Les gens de partis opposés se
« regardent comme les deux chiens de faïence de
« la rue du Vert-Buisson, tu te les rappelles? C'est
« dans cette rue, mon bon Louis, avant ton dé-
« part... (*Supprimé.*) — Deux candidats sont en
« présence : M. Pinvidé, l'homme de la préfecture
« (madame l'appelle comme ça), et M. Bonsable,
« l'ancien directeur de la feuille. Celui-ci, par
« exemple, ce n'est pas le candidat officiel. On
« m'a même dit, l'autre jour, sur la place des
« Trois-Pavés, qu'il me ferait couper la tête. C'est
« le tambour de la ville qui m'a dit cette farce-là.
« Madame prétend que M. Bonsable ne vaut pas
« mieux que M. Pinvidé. Quant à monsieur, il

« sourit toujours, lorsque madame lui parle et,
« ne s'occupe absolument que de son étude.

« A propos, la salle des clercs n'est plus au rez-
« de-chaussée. On les a mis, les pauvres garçons,
« au second, dans l'ancienne bibliothèque. Tu te
« rappelles la bibliothèque? C'est là que pour la
« première fois, avant ton départ... (*Supprimé.*) On
« ne sait, dans le pays, à qui la victoire restera.
« Sera-ce à M. Pinvidé, qui se promène dans les
« champs avec un arpenteur, et fait semblant de
« tracer des chemins de fer toute la journée? ou
« bien le nom de M. Bonsable sortira-t-il de
« l'urne? Quelle scie que cette urne! Et dis-moi
« un peu ce que c'est? En vend-on chez les mar-
« chands, à Paris, mon bon Louis? As-tu des scru-
« tins dans ton quartier? Je voudrais bien ne plus
« être séparée de toi. J'attends avec impatience
« l'été. Sans doute M. le comte viendra à sa terre,
« et tu le suivras. Nous irons encore nous pro-
« mener dans les prés de Saint-Maclou où pour
« la première fois, avant ton départ... (*Sup-
« primé.*)

« L'étude de monsieur est mieux achalandée
« qu'autrefois. Tous les paysans un peu riches
« viennent maintenant chez nous. C'est maître
« Gavabo qui enrage! Tu te rappeles maître Ga-
« vabo, dans la rue Basse, où j'étais en service
« avant d'être chez madame? C'est chez lui que,

« un soir de mai, l'an dernier... (*Supprimé*). Ma-
« dame est toujours à l'étude. Elle serre la main
« à tous les clients et leur fait verser de petits
« verres de Frontignan, le vin que tu préfères. Le
« vin que nous avons bu dans ma chambre...
« (*Supprimé.*) avant ton départ pour la capitale.

« Aussi, dans le pays, on ne jure que par ma-
« dame. A la ville, madame est aussi très consi-
« dérée. Si madame voulait recommander quel-
« qu'un, je crois bien que ce quelqu'un serait
« nommé presque à l'unanimité.

« C'est le mot, n'est-ce pas?
« Mais je crois que M. Alphonse Bédiard, l'ami
« de monsieur et le cavalier de madame, n'est pas
« dans l'intention de se présenter aux suffrages;
« — encore un mot dont j'ai les oreilles rebat-
« tues. — En tout cas, il ne se presse guère et ne
« fait aucune visite. Il ne vient qu'à la maison.
« L'autre jour, il m'a donné une bague. Tu la
« verras, cet été. — C'est un homme charmant
« et je le répète à tout le monde. Ah! s'il voulait
« se présenter. Mais il est bien trop mondain
« pour cela, il ne parle jamais que de chiffons
« avec madame. Par exemple, il en parle bien ;
« grâce à lui (il a même fait de voyage de Paris
« pour être agréable à madame), madame a pu
« mettre, au bal de la préfecture, une toilette mer-
« veilleuse. Toutes ces dames de la haute ville

« étaient furieuses. Madame a triomphé complé-
« tement.

« Je m'ennuie beaucoup de ton absence, mon
« bon Louis. Je voudrais bien te voir. Le soir,
« quand je suis seule... (*Supprimé*). Et le matin,
« je me réveille, solitaire... (*Supprimé*). Quand
« reviendras-tu?

« Madame est toujours très bonne; elle est très
« charitable. Les pauvres ne peuvent prononcer
« son nom qu'avec admiration. M. Alphonse Bé-
« diard est un brave cœur aussi. Dans les campa-
« gnes, où le voit passer souvent, il cause avec
« tout le monde de la pluie et du beau temps,
« sans cérémonie. Marianne, la vieille Marianne
« du hameau de la Rocblanche, où nous avons
« tant ri, avant ton départ, le jour... (*Supprimé*),
« m'a dit que chaque fois que M. Bédiard faisait
« l'aumône, il recommandait aux gens de prier
« pour madame, la belle notairesse.

« Bref, mon cher Louis, l'opinion publique, que
« les promenades de M. Pinvidé et les réunions
« publiques de M. Bonsable avaient lassée, a saisi
« l'occasion de s'occuper un peu d'autre chose
« que des élections, et c'est la « *conversion* » de
« M. Bédiard qui est le sujet de toutes les con-
« versations. On trouve qu'il a bien fait. Mon bon
« Louis, les nouvelles du pays t'amusent. C'est
« pourquoi je t'en envoie le plus que je peux;

« mais j'aimerais bien mieux te les donner de
« vive voix, un bal de Tivoli, sur le Cours. C'est
« sur le Cours, tu te rappelles... (*Supprimé*.)

« Hier, dimanche, tous les clients de l'étude
« sont venus en ville. Du matin au soir, le cabi-
« net de monsieur n'a pas cessé d'être assiégé par
« les *bonhommes*, comme on dit. Ils venaient tous
« consulter monsieur, savoir son avis sur les élec-
« tions. Monsieur, comme d'ordinaire, souriait
« en regardant ses cartons. Mais madame, qui
« était présente, a prié ces messieurs (elle les a
« appelés comme ça) de revenir dans huit jours.
« M. Pinvidé et M. Bonsable sont venus à la mai-
« son, également, dimanche. Ils sont sortis du
« salon l'air enchanté tous les deux. Voilà qui est
« bien drôle.

« En attendant que j'aie la joie de t'embras-
« ser... (*Supprimé*) et sur tes beaux cheveux, je
« me déclare ta fidèle amie et fiancée pour la
« vie...   « JULIE LEROUX. »

« Huit jours après la réception de cette lettre,
« M. Louis Watre, cocher de M. le comte de K...,
« rue de Grenelle-Saint-Germain, lisait le journal
« le *Siècle*, chez un marchand de vin. Ses yeux
« tombèrent sur l'entrefilet suivant :

NOUVELLES DES DÉPARTEMENTS

Noire-le-Pont (Deux-Sèvres). — « Un troisième candidat, M. Alphonse Bédiard, propriétaire, s'est décidé

« au dernier moment, à prendre part à la lutte électorale.
« La nouvelle, aussitôt qu'elle a été connue dans le pays,
« a excité un véritable enthousiasme.

« Nul doute que, M. Bédiard, un des bienfaiteurs du
« pays, esprit très avancé etc., etc., etc. »

.   .   .   .

— « Tiens! qu'est-ce que me chantait donc Julie! s'écria M. Louis, cocher. Mme la notairesse a lancé son candidat, ce me semble. En voilà un qui peut dire que son affaire est dans le sac! »

NOEL! NOEL! OUVRE-TOI!

NOEL! NOEL! OUVRE-TOI!

— Noël, Noël!... ouvre-toi!

Devant la porte close de mon cœur, cette honnête caverne où Quarante ans — mélancoliques
voleurs dont je suis le dolent capitaine — ont

apporté et enfoui ce qu'ils ont dérobé de mieux à
la vie : des souvenirs d'enfance et des souvenirs
d'amour, trésors sans prix pour moi ; devant cette
porte hermétiquement fermée et dont une femme
seule a le secret, qui donc commande ainsi aujourd'hui, mais d'une voix très douce ?

Est-ce vous, mon vieil ami Ali-Baba ?

Est-ce vous qui, pour plaire au giaour, rempla-
cez le *Sésame* magique du conte musulman par le
mot touchant de l'histoire chrétienne ?

— Noël ! Noël !... ouvre-toi !

Non ; ce n'est pas Ali-Baba. L'être qui me
parle n'a ni le caftan ni le turban du ravissant
héros des *Mille et Une Nuits*. C'est un petit garçon
aux cheveux très blonds, maigriot, dont les yeux
sont doux...

Je le reconnais encore, bien qu'il y ait un nombre d'années, que je sais trop, que lui et moi
nous avions les mêmes habits, les mêmes croyan-
ces, les mêmes cheveux, les mêmes joies, la même
casquette et la même innocence.

Oui, enfant, je te reconnais. Tu le vois bien
puisque je souris. Toi, tu es resté le même. Mais
ton grand ami, lui, il a bien changé, extérieure-
ment et intérieurement, hélas !

Sa mémoire n'est point oxydée pourtant.

Elle se souvient de toi avec bonheur, sans rien
mettre des riens qui nous étaient tout.

Mais que me veux-tu aujourd'hui, petit camarade?

Pourquoi, à la porte scellée de la caverne
muette, viens-tu crier doucement aujourd'hui :
« Noël! Noël! ouvre-toi! »

Tu tiens dans tes petits doigts un almanach
dont tous les jours sont biffés à l'encre, sauf une
dizaine.

Ah! j'y suis maintenant! — C'est Noël!

Et tu viens me le rappeler.

Tu veux, doux compagnon des réveillons (en-
dormis) que nous faisions jadis, autour de la
lampe, la veille de Noël, que je profite du retour
de l'anniversaire sacré pour revenir dans le tendre
passé avec toi?

Eh bien, enfant, si cela te fait plaisir, j'y consens. Seulement, vois-tu, petit, ne fixe pas comme
cela tes yeux doux sur les miens. Dans ce monde,
évanoui à jamais où tu veux m'entraîner et me
faire revivre, tu seras insoucieux et gai, toi, l'enfant, mais... moi!...

Allons, cependant, en route! Je veux aujour-
d'hui prendre, comme jadis, ma part du réveillon
de famille.

Repas chimérique!

Il me rappellera ces dînettes d'autrefois où
l'imagination tenait lieu de tout, des mets, de la
vaisselle, des convives et même de la table.

C'est égal, viens.

Il est des heures où l'illusion réconforte. Plongeons-nous de nouveau dans le temps écoulé, dans ce qui n'est pas, pour retrouver ce qui n'est plus.

Mais d'abord, enfant souriant qui tire par la main l'homme morose, permets au sceptique d'à présent de déclarer que les mangeailles d'après minuit, la veille de Noël — dépouillées de ce qui les rendait nécessaires, c'est-à-dire de l'appétit que faisaient naître une course nocturne à l'église et un retour à la maison par un temps froid — sont absurdes dans leur perpétuité. Routinièrement conservé chez des chrétiens sans ferveur et devenu un simple écho annuel d'habitudes héréditaires, le réveillon n'est plus qu'un festin bruyant dont le jour est singulièrement mal choisi.

Laisse le sceptique dire à de nombreux croyants mondains que, privé de sa douce auréole de piété, le souper de Noël n'est qu'une inexcusable et grossière fête.

Est-ce seulement avec de la dinde truffée et du vin de Champagne que des cœurs pieux doivent célébrer le jour de naissance d'un être dévoué au salut de l'humanité, d'un démocrate qui, chose rare et digne d'un éternel respect, est mort pour le triomphe de ses idées?

Que d'hommes cependant, qui se déclarent
chrétiens et qui traitent les sceptiques de mé-
créants, ne marquent pas autrement la solennité
d'un tel jour!

Un peu de charcuterie et du vin mousseux après
minuit, et ils croient avoir payé leur dette de
reconnaissance, avec les intérêts, à celui qui
tenta de les affranchir.

Oh ! petit enfant, que je reconnais encore après
tant d'années de séparation, ce n'était pas de
cette manière frivole et inutile que s'écoulait
jadis la soirée de Noël, chez nous.

Te le rappelles-tu?

C'était une soirée recueillie, plus calme que les
autres encore, pendant les heures de laquelle une
simple femme, une mère, racontait à ses enfants
avec un enthousiasme naïf l'héroïque légende de
l'enfant Jésus.

Nous l'écoutions, haletants, émerveillés.

Puis, frêle et tendre, une voix chantait et nous
faisait chanter des airs que je ne sais plus et des
paroles que j'ai oubliées... Mais que cela était
doux !

Pourtant, tiens, enfant, je me rappelle ces deux
vers :

> Où s'en vont ces deux bergers
> Qui marchent côte à côte ?

Où ils s'en allaient? Nous le savions bien, et

nous les accompagnions de tout cœur, dans la campagne déserte et noire, à la lueur d'une étoile unique, vers cette étable mystérieuse où un enfant nu, rayonnant de lumière, dormait sous les yeux humides de bonté attendrie d'un brave bœuf e d'un âne pensif.

Puis on nous disait tout ce que cet enfant, devenu grand, avait fait en vain pour rendre les hommes meilleurs, et la pauvre mère ajoutait que rien n'est plus noble que le sacrifice, même quand les méchants doivent rester maîtres du champ de bataille...

Et l'heure coulait ainsi, à écouter cette généreuse histoire et à chanter des airs simples et touchants. Enfin minuit sonnait à la pendule. Nous dormions bien un peu, un tout petit peu à la fin, le nez sur la table, mais on nous annonçait que l'Enfant était né et cela nous faisait chaud au cœur. Alors c'était comme une joie d'oiseaux réveillés en nous. Comme on avait veillé tard, on avait très faim, et on croquait une friandise quelconque avant d'aller se coucher... c'était bien naturel.

Après un réveillon joyeux autant que court, on avait hâte de gagner son lit. Pourtant on n'oubliait pas, les yeux lourds de sommeil et le corps légèrement transi — car le feu avait fini par ndre dans le poêle — de mettre, dame ! un peu au hasard et pêle-mêle, ses souliers devant la cheminée.

Et c'était fini, et dans les rêves d'alors passait, se dirigeant vers la bienfaisante cheminée,

Quelque chose de bleu qui paraissait une aile.

Maintenant, enfant, qui es venu dire à mon cœur fermé : « Noël, ouvre-toi! » je ne mets plus rien dans la cheminée.

Je ne veux plus m'y risquer : le petit Jésus m'a apporté, non sans raison peut-être, tant de paquets de verges !

Mais si, sceptique et vieilli, ce n'est plus un être divin que je revois dans la crèche de Bethléem, j'y vois toujours du moins, au berceau, un grand cœur dévoué qui fut la victime des hypocrites de son temps, et je le salue de la pensée, gravement, le soir de Noël.

Cela vaut bien l'hommage d'une indigestion de boudin.

A CONDITION

A CONDITION

~~~~~~~

Mesdames, écoutez cette histoire, je vous en conjure, et puissiez-vous désormais tourner sept fois votre désir dans votre cœur, avant d'y céder — « *à condition* » — quand vous vous promènerez, palpitantes, l'œil..... en trompette, si j'ose m'exprimer ainsi, au sein de ces grands magasins qui se chargent de démontrer que, chez les anciens, il n'y avait peut-être rien de nouveau sous le soleil, mais que sous ce même soleil, à Paris au moins, il y a encore énormément de *nouveautés*.

Nul n'ignore, et les petites filles le savent dès le berceau aussi bien que leurs mères, que l'une des causes de la grande et inextinguible vogue de ces établissements, paradis sur terre des femmes, est la facilité d'échange et de rachat qu'ils offrent à toutes venantes.

Ils jettent ainsi, habilement, le plus aigu des hameçons garni du plus séduisant des appâts, au plus changeant et au plus difficile à prendre des poissons : — le caprice d'une Parisienne.

Et tout le monde connaît la formule magique :

— On rend l'argent de tout achat qui a cessé de plaire.

Entre parenthèses, je me demande si on a songé à introduire un article, rédigé comme ci-dessus, dans la loi du divorce?

Mais passons.

Donc, la pauvre petite Mme Madeleine de Saint-Alicante, dont je vous raconte l'aventure, savait la fameuse formule par cœur, en était pénétrée et l'appliquait parfois.

Je n'irai pas jusqu'à dire qu'elle usait du moyen facile à suivre, en secret, et même en voyage, offert par la confiance intelligente du magasin en question, pour se nipper *à condition* de la façon la plus luxueuse, la veille du Grand-Prix ou de toute autre solennité mondaine, et que, à l'exemple de telle ou telle héroïne du high-life, elle renvoyait le lundi, — comme achat ayant cessé de plaire,— les costumes et les chapeaux portés le dimanche, et unanimement admirés.

Non, la pauvre petite Madeleine de Saint-Alicante ne poussait pas à ce point l'indiscrétion. Les objets dont elle redemandait l'argent avaient réellement cessé de lui plaire.

Et cet argent, du reste, elle. l'employait immédiatement en d'autres achats dans le même établissement. De sorte que ce qui venait de la flûte retournait au tambour. Cela remplaçait ceci. Le caprice de la dame était satisfait. La caisse de l'établissement n'en souffrait pas. Tout allait donc pour le mieux dans le meilleur des commerces possibles.

Pourtant, une après-midi, quelque temps avant un bal, — un des derniers de la saison, — la pauvre petite Mme Madeleine de Saint-Alicante, dérogeant à ses habitudes de cliente sérieuse et véritable, pour la première fois, prit — *à condition* — un splendide mouchoir, à peu près grand comme un timbre-poste, mais garni de cinq cent cinquante francs de point d'Angleterre.

Ce merveilleux *tissu*, comme dirait Ducis, lui avait donné dans l'œil et dans l'âme une huitaine auparavant; elle en rêvait. Elle s'en promettait un vif succès d'élégance et de luxe auprès de ses

amies, et surtout auprès de ses ennemies, pendant
le bal en question.

Et puis il allait à merveille avec la toilette coû-
teuse qu'elle s'était composée, en compagnie de
sa femme de chambre et de deux infortunées cou-
turières à demeure, dans l'ombre de son cabinet
de travail.

Et puis, et puis... je n'ose le dire... et puis...
enfin, bien que ce pauvre M. Gilles de Saint-
Alicante ne soit pas un mari qui ait cessé tout à
fait de plaire... Mme de Saint-Alicante se promettait aussi un vif succès de grâce et de beauté auprès d'un certain M. Paul (sensible roturier) qui
professait pour elle en secret, — c'est pourquoi elle
en était parfaitement instruite, — une admiration
sans bornes, mais qui pourtant avait des limites.

C'était une innocente flirtation dans le bleu le
plus céleste.

Sans ce mouchoir,—qu'elle n'aurait jeté à aucun
prix, et qu'elle n'aurait pas acheté au prix où il
était, — elle aurait cru sa toilette incomplète,
borgne et manchote.

Bref, elle en fit l'acquisition, — *à condition,* —
mais avec la ferme intention de le renvoyer aussitôt après le bal, et de rentrer ainsi dans une
somme que M. de Saint-Alicante (il est un peu
rat, ce bon Saint-Alicante) n'aurait jamais voulu
débourser, sous aucun prétexte, et surtout pour

un mouchoir grand à peine comme un timbre-poste.

Il avait déjà bien d'autres factures à fouetter !

L'heure du bal sonna. Mme de Saint-Alicante, ravissante et étincelante des pieds au mouchoir, fut déclarée sans pareille par M. Paul, dont le plastron refrénait à grand'peine les battements d'un cœur enivré.

A l'issue d'un souper assis (et c'était bienheureux ! songeait M. de Saint-Alicante fort éreinté), et à l'issue d'un cotillon suprême (interminable, songeait encore M. de Sainte-Alicante), pendant lequel M. Paul se montra d'une partialité révoltante à l'égard de Mme de Saint-Alicante, le même M. Paul perdit de sa timide réserve, au point de supplier la belle et imprudente dame de ses rêves de lui laisser un souvenir de cette soirée mémorable.

Et la scène se passait à l'ombre d'un bosquet de plantes exotiques.

— Monsieur Paul !...

— Madame !... un rien ! un rien que vous ayez touché... cet éventail... Je vous le demande à genoux !

— Mais, mon mari... Ciel ! Il verrait...

— Eh bien, alors, ô Desdemone ! ce mouchoir !...

Et, ivre de folie, le ciel dans les yeux, M. Paul

10

enleva prestement le joli mouchoir que Mme de
Saint-Alicante avait parfois approché de ses lèvres dans le courant de la soirée.

— Monsieur Paul! Rendez-moi ce mouchoir.

— Jamais! Plutôt ma vie!...

— Sérieusement, rendez-le-moi.

— On m'arrachera le cœur avant de me reprendre ce mouchoir adoré! Jamais!

Et comme la pauvre petite Mme Madeleine de
Saint-Alicante, pleine de différentes angoisses, essayait de reprendre son mouchoir, M. Paul, leste
comme un chamois en habit noir, se releva, s'en-
fuit, riant, ne voulant rien écouter, et serrant
dans sa poche (côté du cœur) le souvenir volé à
sa bien-aimée.

Celle-ci, muette d'horreur, et voyant d'ailleurs
s'approcher M. de Saint-Alicante, qui avait fait
demander sa voiture, se contenta de baisser la
tête, comme Jeanne Darc sur son bûcher, et, ma
foi, elle avait bien envie de pleurer de colère et
d'inquiétude.

Ah! elle passa une jolie nuit, la pauvre femme.

Comment se tirer de là? C'était un moment d'at-
tendrissement qui lui coûtait cher. Six cents francs
de mouchoir! Et elle se disait avec amertume:

— Ce fou de Paul! Il n'avait pas tort de dire
que ce mouchoir était pour lui sans prix. Mais
pour moi!...

Il est de fait que c'était raide. Mais les amoureux n'en font jamais d'autres.

L'amour est aveugle, et c'est un enfant. C'est
connu. Mais, répétait Mme de Saint-Alicante, il
devrait bien grandir et se faire opérer de la cata-
racte, quand il commet de « doux larcins ».

Que vous disais-je ?

Après une nuit réellement fiévreuse et une
matinée sans appétit, et comme la pauvre Madeleine, repentante, oh oui! se disposait à envoyer
porter divers bijoux « *chez ma tante* » par quelque
camériste discrète, car elle ne voulait avouer à
M. de Saint-Alicante ni le mouchoir ni le trop
passionné M. Paul, — on vint lui demander si
elle voulait recevoir le monsieur Paul en question.

Si elle voulait le recevoir ? Oh! certes, oui!

Car, à moins qu'il ne vînt lui demander onze
autres mouchoirs pour compléter sa douzaine de
souvenirs, il était probable qu'il rapportait l'autre.

M. Paul rapportait le mouchoir.

— Il y manque votre chiffre, dit-il, et j'y tiens!

— C'est juste! s'écria la jeune femme.

— Faites-le broder, et vous me le rendrez, alors.
Je ne vous le rapporte qu'à cette condition.

— Comptez-y !! — C'est le chiffre, en effet, qui
en fait tout le prix. En attendant, prenez cette
pâquerette des champs... Élysées.

Et, parfaitement rassérénée, Mme de Saint-Ali-

cante mit une pâquerette à la boutonnière de
M. Paul, qui s'en alla tout fier, sans se douter
qu'en échange de cette simple fleur, il venait de
rendre six cents francs, sans compter les centimes,
— et l'honneur, — à Mme de Saint-Alicante.

AVANT LE VERNISSAGE

Le jour du Vernissage est le jour de l'ouverture
officieuse des Grands Magasins de nouveautés artistiques de l'avenue de l'Étoile (saison d'été).

En attendant cette heure solennelle, dans les
ménages d'artistes, la partie féminine est, comme
la partie masculine, en état d'ébullition prononcée.

On restaure, on rentoile, on maroufle, on vernit
les anciennes toilettes. On refait du neuf avec le
vieux.

Dame! il faut être « à tout éteindre » le jour de
l'ouverture à cinq francs.

Si les bombyx, les chèvres et les moutons qui
ont fourni la matière première des robes de ces
dames pouvaient voir le mal qu'elles se donnent
pour redonner à la soie et à la laine un luxe que
les ans ont dévoré, ah! les bombyx, les moutons

et les chèvres savoureraient une heure de vengeance exquise.

Dans le clan des modèles (côté des femmes)
mêmes préoccupations, mais moins rudes, car ces
«jeunesses» ont des banquiers donnés par la peinture à la nature, et elles ne regardent pas à la
dépense comme ces courageuses, économes et
charmantes femmes d'artistes sur lesquelles mon
ami Daudet a eu tort d'écrire, un peu trop mali-
cieusement, dans certain livre.

Mais laissons ces dames pour raconter, avant
l'ouverture de l'exposition, et comme qui dirait
pour peloter en attendant partie, quelques anec-
dotes artistiques. C'est l'instant, c'est le moment.

D'abord, un souvenir personnel.

A l'époque où on est si mal dans un grenier,
quoi qu'en chante Béranger, je délaissais parfois
la Muse pour la Peinture. Celle-ci nourrissait
celle-là. J'aidais un artiste, mon camarade, à coucher à plat des robes rouges, bleues, violettes et
soufre, dans des Chemins de Croix qu'on lui
payait 25 fr. les douze. On fournissait la couleur.

25 fr. les douze, SANS LES MAINS ! C'était convenu.
Les personnages, apôtres et gens du peuple, se
suivaient à la queue-leu-leu, comme emboîtés, et
on ne voyait que leurs bras, jamais leurs mains !
Les mains exigent du travail, du dessin, du
modelé, enfin du temps, et dame! pour 25 fr. les

douze, nous ne pouvions pas perdre de temps. Le temps c'est de l'argent, même dans les Chemins de Croix.

Un jour, notre entrepreneur, un vilain singe de la rue Servandoni, près de Saint-Sulpice, nous signifia qu'il lui fallait, pour le même prix, des mains, ou que nous cesserions d'avoir des commandes.

Il fallait manger, on obéit. Nous mîmes des mains. Je crois même qu'il y eut çà et là des apôtres qui avaient trois mains, car on les semait un peu au hasard, en se dépêchant.

Mais, pour nous venger, nous eûmes l'idée de mettre, comme en signature, dans un coin perdu de chaque tableau, un petit chien qui faisait..... le beau sur la robe d'un « gens du peuple »

Les méchants habitants de Jérusalem — et notre entrepreneur — méritaient bien ça.

Autre histoire :

C'est l'histoire d'une femme d'artiste qui a empêché son mari d'avoir la médaille.

Le médecin avait ordonné à cette dame une application de teinture d'iode dans le dos. Il en avait chargé le mari. Celui-ci, la brosse à la main et au comble de la joie d'avoir à peindre quelque chose, se mit au travail sur les omoplates de sa compagne. Il n'en finissait pas. « Mais, je gèle ! dit soudain la patiente. Attends ! attends ! Encore quelques vigueurs! et j'ai fini! s'écria l'artiste qui, oubliant de quoi il s'agissait, avait peint une sépia admirable sur la peau de sa femme.

— Mais j'ai froid! répéta la femme.

— C'est plus beau qu'un dessin du Poussin! s'écria le mari. — C'est splendide, et quel ton! — Laisse-moi seulement t'enlever ce carreau d'épiderme là et je t'envoie à l'Exposition!

— Seulement, horreur!

La dame se sauva et courut se réfugier chez le portier, croyant son mari devenu fou.

Celui-ci, le pinceau à la main, la poursuivait dans l'escalier en hurlant :

— Tu seras toujours la même! Avec ça j'aurais eu la médaille! tu brises mon avenir! Oh! les femmes! jamais de dévouement!

Troisième histoire :

Un grave être, un des bourgeois invétérés que mon ami Léon Clapisson appelle des *bourgeois à ventre d'acajou*, était en visite chez un peintre, la veille de l'envoi au Salon.

Sa femme (quarante ans) l'accompagnait.

A l'issue de la visite, le peintre, en bon confrère, propose à ses visiteurs d'entrer dans l'atelier d'un voisin, un statuaire, qui terminait un *Pâtre à la source*, en marbre.

— Volontiers, dit d'abord le bourgeois à ventre

d'acajou. Puis, se penchant à l'oreille du peintre, il lui demande :

— Est-ce qu'il est nu, le pâtre à la source?

— Oui.

— Tout à fait?

— Oui.

— Oh! alors... alors... ma femme le verra à l'Exposition.

Quatrième histoire :

Au Salon, il se passe, depuis quelques années, dans une des salles, un drame héroï-comique à l'huile grasse.

Voici le fait.

Par suite d'un de ces tours que joue annuellement aux exposants l'ordre alphabétique, Mlle Brisemiche, artiste peintre, et M. Bridet, également artiste peintre, se trouvèrent, pendant trois ans, voisins dans le même panneau.

Mlle Brisemiche voit *bleu*. M. Bridet voit *vert*. L'un à côté de l'autre, leurs deux tableaux faisaient l'effet le plus hideux. Ils le remarquèrent. On le remarqua aussi parmi les camarades. La première année ça passa comme ça. La seconde année, le peintre jura son grand juron en se retrouvant à côté de Mlle Brisemiche qui ne jura pas, elle, parce qu'elle était demoiselle, et parce que ça se passait en public ; mais elle fit une moue de vieux mascaron. A la troisième épreuve, Bridet

n'y tint plus. Il prit au livret l'adresse de celle
dont le voisinage lui faisait tort, avec l'intention
de lui écrire une lettre d'une cruelle ironie. Mais
il préféra, réflexion faite, aller visiter en personne
sa malencontreuse voisine de panneau. M\ⁱˡᵉ Brisemiche était charmante. Le peintre le constata avec
regret d'abord, puis ensuite avec plaisir. Un mois
après sa première visite, il avait oublié toute
ironie. La peinture bleue de Mˡˡᵉ Brisemiche lui
parut rose. Et le rose pouvant aller sans haine
avec son vert, M. Bridet pensa à allier les deux
couleurs dans un mariage, ce qui fut fait. Mˡˡᵉ Brisemiche, élève docile de son mari, et l'aimant, se
mit naturellement à peindre, comme son époux
et maître, en vert ! — Tandis que par un phénomène semblable, le maître épris de sa femme et
élève tomba, par amour, dans la couleur primitive
de celle-ci, le bleu.

Si bien que la quatrième année, l'ordre alphabétique régnant toujours, les placeurs mirent
encore Mᵐᵉ Bridet, qui s'était vouée au vert, à côté
de M. Bridet, qui ne voyait que du bleu, c'est le
moment de le dire.

Et les tableaux des deux ennemis de jadis, bien
que ceux-ci fussent devenus époux, et bien qu'il
eussent changé l'un et l'autre leur manière de
peindre, firent de nouveau un effet épouvantable
exposés côte à côte.

C'était bien la peine de s'être mariés !

Leur lune de miel passa au roux et ils se haïrent de nouveau.

Ils n'en firent ni une ni deux, ils divorcèrent, et reprirent chacun leur façon de voir, — mais ils oublièrent ou ne voulurent pas changer de nom ; de sorte que, bien que séparés, Mlle Brisemiche se retrouve toujours à côté de M. Bridet, et leurs œuvres se détruisent mutuellement chaque fois que l'ordre alphabétique sert de base au placement.

Cette année, l'ordre en question ayant repris son cours interrompu, ils doivent sans doute, l'un bleu, l'autre vert, jurer affreusement l'un près de l'autre.

Voilà de quoi j'aurais voulu m'assurer le jour du vernissage.

Peut-être les deux époux, séparés judiciairement, se sont-ils rencontrés nez à nez devant leurs œuvres ; alors qu'est-ce qui a bien pu se passer ?

Enfin, le jour du vernissage, comme nous regardions les Vénus sans jarretières exposées dans la grande galerie, on me raconta, à propos de cette partie secrète du vêtement féminin, qu'une dame de Paris, aussi connue par sa grâce que par sa fortune dans le monde de la haute finance, possède une collection de *jarretières*, collection

bien féminine s'il en fut, dont les pièces princi-
pales sont fréquemment dans l'exercice de leurs
fonctions sur les... enfin à la place qu'elles doivent occuper, au-dessus ou au-dessous de ce qu'un
spirituel homme de l'art, le docteur A. Filleau, par
exemple, appellerait l'*espace poplité* devant une
académie de médecine, et nommerait le jarret,
tout simplement, devant une cour d'amour.

La collection de la belle financière, qui doit
être aussi une belle *rotulière*, j'aime, du moins, à
me bercer de cet espoir, comprend d'abord des
jarretières modernes sans nombre, assorties à la
couleur de ses innombrables bas.

Voilà de la conscience, et de la plus sévère ; car,
à moins d'accident, nul ne peut constater un dé-
faut d'assortiment à cette hauteur-là.

Il y en a, dans la foule de ces mystérieux bra-
celets, — *cuisselets* serait peut-être plus logique ?
— des jarretières garnies de valenciennes, qui
valent deux cents francs la paire.

Deux cents francs de jarretières, ça ne se trouve
pas souvent dans le pas d'un cheval. Mais dans le
pas d'une femme, c'est très fréquent, à ce qu'il
paraît.

A ces jarretières modernes sont jointes des jarretières de tous les temps et de tous les progrès,
aussi bien la *jarretière-tue-puces* (*sic*), que les journaux proclamaient indispensable, en 1865, que la

jarretière à sachet parfumé vendue, l'an dernier par un des grands magasins qui n'ont pas encore pris feu.

L'antique jarretière en peau de gant, à élastiques faits de boudins de fils de cuivre (fils si commodes pour fabriquer des guimbardes musicales, quand nous étions jeunes), côtoie la jarretière en pure et simple caoutchouc vulcanisé, la jarretière de Jenny l'ouvrière ! quand Jenny l'ouvrière — bien entendu, ne mettant plus de frein à son ambition — remplaça ses jarretières en lacet de corset par des jarretières en caoutchouc.

Mme X... a le bonheur de posséder dans sa collection, véritablement unique (si j'en crois les indiscrétions de la dame, son amie, de qui je tiens ces détails), un exemplaire à diamants des insignes de la Jarretière anglaise, fondée en l'honneur et en souvenir des cuisselets de la comtesse de Salisbury.

Je vous épargne la nomenclature très étendue des jarretières de la collection que Mme X... a l'intention de léguer après sa mort au Louvre (magasin), mais je me permettrai de lui signaler les lacunes que j'ai cru trouver dans sa collection, d'après la description qu'on m'en a faite.

Il y manque, en effet :

La *jarretière en peau de chat*, destinée à effrayer cette souris chimérique dont la plupart des femmes sont persuadées que leurs jambes seront assaillies un jour ou l'autre.

La *jarretière à timbre*, comme dans le chemin de fer, pour avertir en cas d'accident : casser la glace, tirer l'anneau, le train s'arrête.

La *jarretière-pince-voleur*. On ne saurait trop prendre de précautions.

La *jarretière à lanterne anglaise*. Pour lire en wagon, quand on s'ennuie !

La *jarretière espagnole à poignard*, pas un poignard dont la lame se fourre dans le manche, comme au théâtre; non, un poignard sérieux, à lame tordue, et, si l'on y tient, empoisonnée.

La *jarretière-collier de chien*, à grelot, pour la chasse.

La *jarretière-revolver*, contre les insolents.

La *jarretière à double fond*, pour passer de la dentelle à Erquelines.

La *jarretière porte-bonheur*, pour dames du boulevard.

LES DANAÏDES

TABLEAU VIVANT

~~~~~~~~

La scène se passe, boulevard des Capucines, entre trois heures et trois heures et demie, le soir, bien entendu.

Henri M..., cet étonnant petit gommeux qui, de loin, ressemble tout à fait à une grotesque statuette taillée dans un morceau de savon vert de laitue, examine, avant d'aborder celui qui la porte, la toilette d'Alfred de S..., un beau garçon de trente ans, vêtu avec une élégance sobre, et qui s'avance de son côté, tranquille.

La revue passée, à l'honneur de celui qui en était l'objet, Henri M..., lâchant le flocon de barbe incolore qui végète sur sa joue, se décide enfin à serrer la main qu'Alfred de S... — sans dégoût — lui a tendue.

Et le dialogue suivant s'engage :

H. — Vous voilà, beau ténébreux ! vous devenez
rare, dites donc ! on ne vous rencontre nulle part.
Je vous ai vainement cherché, l'autre jour, à la
soirée de clôture, définitive et sans remise, de la
marquise de K***. — Qu'avez-vous ? Est-ce que
vous *renaudez* ? Comme dit la petite Clysorose.

A. — Moi ? mais non, mon cher monsieur, je
ne... *renaude* pas. J'étais chez Mme de K*** en même
temps que vous. Je vous ai vu... de loin, il est vrai.
Je m'étais réfugié dans un petit recoin charmant
d'où je pouvais admirer les tableaux vivants sans
avoir à redouter une attaque d'apoplexie.

H. — Ah ! oui, les tableaux vivants ! parlons-en !
Ça été le mot de la fin de cet hiver. Nous n'avons
rien perdu pour attendre, pas vrai ? — Ces dames
ont reculé pour mieux sauter...

A. — En effet, elles ont sauté bravement.

H. — Ah ! massacre ! oui ! — Mais, dites-moi,
qu'est-ce que représentait donc leur machine, un
tonneau doré, des cruches... quoi ?

A. — C'est un souvenir de leurs études classi-
ques... le tonneau des Danaïdes...

H. — Ah ! parfait... la mémoire mauvaise, moi.
Jamais de prix là-bas. Jamais, pas ma faute. —
Ah ! nous disons les Danaïdes ?...

A. — Eh oui, parbleu, les cinquante filles de
Danaüs, condamnées à remplir un tonneau percé.

H. — Oh! Joli! Oh! Joli! Cinquante! — Il y avait bien vingt Danaïdes chez la marquise? Une bonne fille, la marquise ; hein? Tout lui réussit. Pas gobeur, moi, mais j'ai trouvé son tableau épatant. Un succès à tout casser... même les cruches.

A. — Certes, avec de jolies femmes, aidées de leur costumier, on arrive à de beaux résultats. Ces demoiselles ont fait preuve d'un dévouement hors ligne. Toutes ont tenu parole.

H. — Tiens, vous êtes bon, là, vous. On ne rate pas ces occasions-là, quand on est à marier et qu'on a du bien... qui n'est pas au soleil... C'est permis.

A. — Hélas! oui.

H. — Et parlez-moi de ce déballage-là! Massacre! En avons-nous assez vu! Ah! Le costume grec, c'est ça qui vous avantage une femme. Pas beaucoup de coutures à ces tuniques-là. Or, quand on a la jambe suave, un peu de galbe...

A. — Alors, si votre femme...

H. — Ma femme? La femme à Henri M... la vraie?... dame, non! — Après tout, c'est la mode... Ça ne tire pas à conséquence. C'est admis.

A. — Ah!... Voyons, vous adorez, en secret, saintement, une jeune fille. Vos rêves les plus hardis n'osent même pas caresser sa main, ses cheveux parfumés. Et tout à coup, devant deux cents

11.

personnes qui ont soupé et bu, qui ont respiré les
senteurs capiteuses d'un bal, vous la voyez étaler
ce que son mari, ce que son enfant doivent être
seuls à voir ; et cela vous semble bien ! Je vous
abandonne les corsages qui s'arrêtent au sternum.
Je ne suis pas puritain. Mais le reste, scruté, deviné, vu par l'œil émérillonné des vieux viveurs et
des jeunes blasés ! Moi, je deviendrais fou de rage,
si j'entendais, à côté de moi, louer les jambes de
ma fiancée !...

H. — Massacre ! Comme vous y allez. Alors
faites-vous donner une forêt par le gouvernement,
mon cher. Vous vous y établirez. On demande
une place de sanglier, quand on a votre caractère !

A. — Je ne veux pas tirer une nouvelle édition du
Misanthrope. Mais soyez sûr, mon cher monsieur,
que je cesserais immédiatement, dût mon cœur se
briser, d'estimer et d'aimer la jeune fille assez
privée de pudeur pour aller poser dans les tableaux
vivants comme une grue quelconque, au théâtre.

H. — Ah bien non, alors ! Elle est un peu raide,
celle-là ! Le murmure flatteur de la foule à l'aspect
des beautés d'une femme doit joliment amuser
le mari, au contraire. C'est un succès ! — on
triomphe !

A. — Comme le maître du vélocipède qui a gagné
le prix à Londres. — Triomphe plein de poésie, en
vérité !

H. — Dame! mon bon, si vous croyez à l'amour, à notre époque; à la poésie... ce n'est pas mon terrain, ça. Pas mauvais cœur, moi, mais pas de poésie du tout. Des gêneurs! les poètes, comme dit la petite Vocresson.

A. — Qui vous parle de cela! Je vous dis que je trouve la mère, qui permet à sa fille de poser dans les tableaux vivants, une véritable folle, sans âme, et pour qui la plus simple morale ne me paraît pas peser deux onces.

H. — Mais enfin, mon bon, ça n'est pas indécent. Il y a des maillots, des jupons, de la gaze, des fleurs, et puis le respect des invités.

A. — La nudité n'a rien qui révolte. Je comprends les antiques expositions de courtisanes devant le peuple. Mais la dépravation qui sait amorcer l'hameçon est ignoble. C'est sur ce qu'on voile qu'on veut attirer les regards, vous le savez bien. On est pudique par calcul. C'est affreux, cela. Je donnerais à lire tout Paul de Kock à ma fille, jamais Ernest Feydeau.

H. — Ah! bien, moi, je ne me monte pas le coup comme ça. Les tableaux vivants, ça m'amuse. Une fois dehors, je n'y pense plus. Cependant, les genoux de Mlle de G***, la troisième danaïde à gauche, m'ont semblé bien drôles. Figurez-vous que sa jarretière...

A. — Comment? Mlle de G***? Jeanne de G***.

H. — Ne l'avez-vous point reconnue?

A. — Reconnue?... Vous m'affirmez, monsieur,
que vous l'avez vue, Mlle de G***, à ce bal?

H. — Tiens, cette question! Le journal l'a
citée.

A. — Ah! C'est infâme!

H. — Quoi ?... Pas besoin d'ouvrir les yeux
comme ça.

A. — Je vous ai menti, Henri... Je n'étais point
au bal de Mme de ***!

H. — Alors, vous m'avez fait poser... Vous m'avez
tiré les vers du nez... mon bon.

A. — Oui. J'ai voulu savoir... Adieu, mon cher,
je vous quitte, je suis tout troublé... Un autre
jour... (*A part.*) Ah! Jeanne, c'est mal, c'est bien
mal. Vous m'aviez juré que vous n'iriez pas là-bas,

Et voilà qu'on me parle de vos genoux, en riant.
Cet imbécile!... (*Haut.*) Adieu, M...

H. — Adieu, monsieur et cher philosophe... Il
ne m'entend plus. J'ai dû lui effaroucher sa dernière illusion. Pas de chance moi, pas méchant,
mais pas de chance, massacre!

LA SAINT CHARLEMAGNE

~~~~~~~~~

Ami Filleau, je viens de me réveiller, tremblant, glacé, désespéré, des larmes bien amères, allez! dans les yeux, et les oreilles déchirées par le roulement impitoyable d'un tambour.— Un instant (il ne faisait point jour encore), je me suis cru revenu au collège, incarcéré de nouveau pour je ne sais quel méfait, et la douleur la plus vive, la plus réelle, m'étreignait le cœur, le brisait.

Dieu soit loué! c'était la fin d'un épouvantable rêve, d'un rêve causé sans doute par le souvenir du récit que j'ai été forcé d'écrire l'autre jour, à propos de la Saint-Charlemagne, célébrée cette semaine dans toutes les prisons scolaires de l'université.

Ce n'était qu'un cauchemar, et le voilà passé. Je ne suis point dans le dortoir où j'ai gémi si rude-

ment, autrefois; non, je suis chez moi. Voilà mes
livres; voilà ma table de travail, ma vieille amie,
ma confidente; voilà ma pipe et mon pot à tabac.
Sauvé! sauvé! Libre! libre!

Vous êtes trop amoureux de votre indépendance,
mon cher ami, pour être de ceux qui ont assez de
bonté dans l'âme, et d'oubli de la servitude subie,
pour nommer l'exécrable époque des études « le
bon temps du collège ».

Le bon temps du collège! ah! tout mon sang
bout et se révolte quand je pense à ces années de
tortures de toute sorte, physiques et morales, que
j'ai atrocement souffert sous le despotisme effréné
des pions! des mois, mon ami, des mois entiers,
sans une heure de plaisir, d'exercice même; toujours au *piquet*, par tous les temps! et il ne fallait
pas bouger de ce poteau de supplice où me clouaient
les peaux-rouges à 1000 francs par an, qui avaient
mission de faire de moi un homme. — Pour le motif le plus futile, sans daigner penser à mon extrême
jeunesse, aux besoins irrésistibles et physiologiques
de bavardage, de mouvement, d'expansion, com-
mandés par la nature; pour un oui, pour un non,
des heures de punitions pleuvaient sur ma tête.
Je vous le répète, pendant de longs mois, je n'ai
pas eu un instant de liberté. Je ne digérais plus,
mes jambes enflaient, je devenais idiot, et ces gens
riaient en me collant; eux, ils revenaient du café,

la figure rouge, l'œil brillant, et leur bouche
pâteuse ne s'ouvrait que pour punir, et toujours
punir !

J'avais alors douze ans. Il y a bien des années
de cela ; mais je me souviens bien. Ces gens-là
s'appellaient Pâris (comme le berger), Lemaire,
etc. — Ah ! les misérables ! je ne les cherche pas ;
mais, quand nous nous rencontrerons, je n'aurai
pas assez de pieds et ils n'auront pas assez de der-
rières, pour que le passé qu'ils m'ont fait soit con-
venablement soldé.

Ah ! les misérables ! — ils ont atrophié ma gaieté
et mon courage ! quel attrait pouvait avoir pour
moi l'enseignement d'un professeur, après les
sombres réflexions que je faisais, immobile, au
pied d'un arbre, en regardant les autres s'ébattre
heureusement au soleil. Si je ne suis par le dernier
des crétins, je le dois à la constitution robuste de
mon caractère, aux consolations de mon père, et
surtout à la lecture acharnée que je faisais, malgré la grêle des pensums et des retenues, de tous
les romans et de tous les poèmes qui me tombaient
sous la main. O livres, amis des heures effroyables
de ma pauvre jeunesse, je vous bénis.

Savez-vous, ami Filleau, qu'un professeur imbécile me punit un jour, parce que, au lieu de réciter une fable comme un perroquet, je la *jouai* de
mon mieux avec intelligence. Cette nouveauté fit rire

la classe. On appela cet effort logique de mon cerveau un scandale, et je fus privé de sortie. J'avais troublé mes condisciples, comme l'agneau trouble l'eau du ruisseau !

Ah! n'appelons pas les moments pénibles que l'on perd au Bahut, « *le bon vieux temps du collège* ». Ceux qui regrettent le collège n'avaient sans doute ni famille, ni cœur pour l'aimer.

Ce que le collège fait perdre, oublier, mépriser parfois, ce sont les longues soirées à la maison, à la clarté de la vieille lampe ; ce sont les livres que le père vous confie, et dans lesquels on apprend réellement, sérieusement, ce qui plus tard servira dans la vie, à la place du fatras universitaire qu'on jette à la borne en entrant dans le monde ; ce sont les aimables causeries avec la sœur innocente, avec une mère vénérable ; enfin tous ces souvenirs d'enfance qui parfument l'existence.

Mon père me donnait des conseils d'honneur, de bravoure, de vertu, de politesse, et je les suivais. Au collège, j'ai été lâche, hypocrite, menteur, vil, grossier ; j'avais peur ; la peur, c'est la mère de tous les vices, et pour échapper aux injustes punitions, à n'importe quel prix, je rampais, misérable chien couchant, devant les pions. Je les flattais, comme les autres, pour les attendrir. Je riais stupidement de leurs plaisanteries cruelles.

Le bon temps du collège !

Dans nos salles d'études, ignobles, sales, infec-
tes, où il semblait qu'il eût plu, neigé, grêlé de
l'encre pendant plusieurs siècles, ai-je la moindre
idée du *To Kalon* dont ils parlaient tous, du beau
et de ses manifestations en littérature et en art?
Je vous le dis, à l'heure qu'il est, je m'étonne encore d'avoir trouvé en moi tant de force de résistance. Je devrais, logiquement, être devenu un
goîtreux.

Ne parlons plus de tout cela, voulez-vous? et
disons quelques mots de ce banquet annuel, où
ceux qui ont été une fois *premier* dans les compo-
sitions, sont invités à s'asseoir.... Infortunés convives !

La belle récompense ! du veau et du champagne frelaté, sous l'œil allumé des tyrans ! merci !
Je ne voudrais pas y être encore !

Un doux sourire le matin, une bonne parole le
soir : voilà ce qui m'eût fait bondir le cœur ; et
quel courage au ventre j'aurais eu après cela ;
mais du veau, sous toutes ses formes, du veau par
alinéa, et toujours du veau dans ses différents avatars culinaires, quelle noble perspective !

« Travaillez bien, jeunes élèves, vous aurez du
veau ! fatiguez votre esprit, vous aurez du veau ! »

Quelle éducation ! S'adresser à l'estomac ! et
quel jour choisit-on pour manger le fameux veau ?
Le jour où un barbare, intelligent, soit ! qui fut

mauvais roi, mauvais époux, mauvais père, est
honoré comme un saint, pour avoir comburé des
milliers de Saxons innocents.

Avec cela qu'il est gai, le banquet du veau ! On
y lit des pièces de vers, fabriquées selon les sacro-
saints exemples, et dont le sujet est presque toujours puisé dans la cuisine de la maison. Pour célébrer le veau, on parle des haricots. C'est écœu-
rant.

Le repas, d'une froideur sans bornes, au début,
tourne rapidement à l'agape de barrière. D'abord
le vin bleu coule comme à la Courtille, et met ses
transports si délicats dans le cerveau des convives.

Puis vient le faux champagne. Alors le délire
s'empare de tous. Les nez s'allument, les entrailles
bondissent, Pouah !

Je ne parle pas des suites naturelles de cette
dégoûtante orgie. L'infirmerie, si blanche, si ma-
ternelle (la seule chose aimable du collège), est
remplie d'enfants bourrés de veau ce jour-là. Ils
y expient leur triomphe.

Pauvres petits de cinquième !

Plus tard, quand on est en mathématiques spé-
ciales, quand on est grand, en sortant de ce repas,
la tête en feu et le corps idem, on ne va pas à
l'infirmerie, non ; mais comme on a quelque argent dans une jolie bourse faite par la mère, on
s'empresse de chercher, voilant son uniforme sous

un habit d'emprunt, des aventures que je ne qua-
lifierai pas plus clairement.

Oh ! la Saint Charlemagne ! un joli jour pour se
transformer en Christophe Colomb de l'amour, à
la découverte d'une Amérique à jupons tuyautés,

L'HUISSIER CHIMISTE

L'HUISSIER CHIMISTE

Cet animal d'huissier s'appelle Jabiru, un nom à coucher même à la porte d'un de ces alphabets où, sous chaque lettre, figure une bête à nom impossible, dont cette lettre est l'initiale.

Le Jabiru, paillard comme feu David, le royal harpiste, était une fois tombé désireux, bien que marié autant qu'un conservateur peut l'être, d'une veuve, Betsabée fort gentille, venue plusieurs fois à son étude pour le supplier de ne pas poursuivre son mari.

Le Jabiru, parlant et de très près, hélas! à la personne de la pauvre petite créature affolée, lui avait déclaré sa flamme en termes que je me refuse absolument à reproduire : c'était lâché dans un style qui sentait à la fois le moisi de la *Revue des Deux-Mondes* et le « tout à l'air » du naturalisme franco-belge.

Tout le monde devine, d'ailleurs, de quoi peut être capable, dans une conversation intime et sans frais, un huissier débridé, qu'il soit ou qu'il ne soit pas commis pour instrumenter à la requête de l'Amour.

Inutile d'insister.

Et puis l'Europe nous envie déjà si peu notre magistrature que ce n'est pas la peine de la dégoûter encore de notre huisserie nationale.

Le Jabiru, bien qu'il fût laid comme un kroumir centenaire, avait fait à la longue (oh! à la très longue!) une impression victorieuse sur l'absurde cœur de la petite Betsabée, autant sous ses terribles apparences de papier timbré, que sous ses apparences propres, c'est-à-dire sous celles d'un être aux traits mâchonnés par l'âge et qui est couvert de malédictions par les soins empressés de plusieurs quartiers commerçants de Paris.

Betsabée avait donc — (oh! que tout ce qu'il y a de charmant sur la terre détourne la tête avec horreur!) — Betsabée avait donc cédé à ce monstre, cédé de fond en comble, sous-sol compris.

Mais, circonstances atténuantes, ce qui l'avait

consolée dans sa chute abominable, c'était, *primo*,
l'assurance de mettre ainsi un frein à la fureur des
protêts du Jabiru ; *secundo*, le doux espoir de voir
un beau matin, sur sa descente de lit, l'huissier
adultère agoniser en état de péché mortel, ce qui
aurait amené la damnation éternelle de ce qu'il
pouvait y avoir d'âme dans son corps, soit 1/2 p. 100
environ.

Elle mettait tous ses soins à préparer cette gaie
catastrophe, je n'ai pas besoin de l'ajouter.

Ils étaient heureux dans leur abjection.

En admettant du moins qu'un homme et une
femme puissent trouver le ciel sur terre, quand cet
homme, qui déconcerte le phylloxera et la trichine par son acharnement sur les malheureux,
s'entend dire : — « Jabiru, je t'aime! » par une
femme forcée d'être tendre sous peine de saisie,
recolement et autres menus coûts, comme disait
La Fontaine.

Le Jabiru, je dois l'avouer, avait trouvé un moyen
assez original de correspondre avec sa victime tout
en conservant l'aspect sans douceur d'un huissier
qui entretient un va-et-vient de lettres d'affaires
avec ses clients.

Un jeune chimiste qu'il avait mis sur la paille
et dont il avait fait blanchir les cheveux, lui avait
livré contre la promesse d'un délai une encre sym-
pathique d'un genre tout à fait neuf.

C'était une encre, visible la nuit seulement, et composée à l'aide de ce *sulfure de calcium* qui a servi à faire les cadrans lumineux, ces prodiges d'horlogerie, qui ont été l'étonnement du monde ignorant il y a quatre ans.

Le Jabiru écrivait à sa Betsabée, à l'encre ordinaire : « — Madame, j'ai obtenu de mon client « M. X... l'autorisation de vous accorder un mois « pour vous libérer ; agréez, etc., etc. — Jabiru. »

Mais entre les lignes il ajoutait, au sulfure de calcium, et Betsabée lisait, la nuit, sans chandelle, à côté de son mari dormant du sommeil d'un poursuivi qui a obtenu un sursis, ces mots phosphorescents : « — Mon petit singe rose, je « t'attends demain à la gare de Montparnasse, « dix heures cinq. Si tu manques, je saisis. Laisse- « moi plutôt prendre. — Ton J. »

L'encre au sulfure de calcium — je livre ce secret à la foule — va sous peu servir à l'impression d'un journal du soir, qu'on pourra parcourir en montant son escalier, sans se brûler désormais les doigts à une ignoble allumette-bougie.

Pendant que le Jabiru abusait, ainsi au profit de son immoralité, de la science appliquée à l'industrie, madame Jabiru — enfin ! elle entre en scène ! — repoussait mollement, mais vertueusement, les attaques sans précédent d'un des clercs dépenaillés de son mari, lequel avait des yeux suaves

Ce clerc, d'une maigreur de hareng saur, était aussi peu payé que possible de son travail à l'étude, c'est pourquoi il aimait à s'offrir une indemnité quelconque et prise n'importe où.

La conquête de madame Jabiru, lui épargnant la recherche d'un coûteux et banal inconnu, lui semblait une gratification désirable.

Il « ardoit » donc en l'honneur de sa patronne, le malheureux !

Le Jabiru était à cent cinq lieues de s'en douter. Ivre d'amour, plongé dans le désordre, l'huissier ne pouvait penser qu'à deux mètres de lui, et son bureau touchait presque le sien, un homme était là, dans l'ombre, ver de terre amoureux d'une étoile, qui, chaque fois que son patron lui « collait un suif », murmurait entre ses longues dents :

— Jabiru, tu seras étonnamment cocu !

Jabiru ne s'en doutait pas.

Il s'en doutait si peu que, tous les lundis soir, le maigre clerc était invité à dîner chez le patron ; le maigre clerc en profitait pour abuser haineusement de cette hospitalité hebdomadaire ; et tout en cherchant à ameuter Mme Jabiru contre son mari lorsque celui-ci était en retard, il prenait de la maison ce qu'il pouvait en tirer et rongeait l'os du plus près qu'il pouvait. Ainsi il sommait la bonne de lui cirer ses souliers avec la cire du patron et de les brosser avec les brosses du patron ;

il la sommait encore d'arracher des boutons aux
habits du patron pour les recoudre à ses propres
habits ; il employait le savon, les brosses, les
peignes, la pommade, les odeurs du patron (Jabiru s'en inondait depuis son adultère) pour son
propre torse et sa propre tête ; je n'ose ajouter son
propre mouchoir.

Un lundi, ayant dîné çà et là dans la maison,
suivi par Mme Jabiru qui commençait à trouver
ça très drôle et qui ne refusait pas de se laisser
embrasser dans les coins et même dans le milieu
des corridors, le maigre clerc découvrit sur une
tablette, une petite bouteille déposée là avec soin
et il trouva que la liqueur y contenue sentait fort
bon.

Il se lava les mains avec délices dans la cuvette
du patron, après y avoir versé, comme en se
jouant, le liquide parfumé de la petite bouteille.

Puis, toujours en se jouant, il fit des niches
d'un goût contestable à Mme Jabiru, telles que de
lui mettre par exemple ses mains humides encore
sur les bras et sur le col, en insistant.

Mme Jabiru riait de tout cela, oubliant cette fois
de trouver que son mari était diablement en retard.

Le dîner fut fort gai et se prolongea fort tard.
Le clerc mangeait avec un appétit plus incommensurable que jamais et reprenait de tout cinq fois,
au rire en dessous de la femme Jabiru.

Mais voici ce qui se passa peu après la minui-
tième heure, lorsque M. et Mme Jabiru, retirés dans
leur appartement, et vêtus pour le somme, souf-
flèrent leur bougie.

Une grande clameur réveilla la bonne qui venait
de s'endormir, et elle entendit la voix du Jabiru
qui s'écriait avec épouvante :

— Ma femme est en feu !

La bonne arriva avec une chandelle ; on procéda
à un examen. Aucune trace d'incendie ne fut
trouvée sur les vêtements de Mme Jabiru.

Cette absence de lumière n'aurait peut-être pas
complètement éclairé le Jabiru sur son cas si, au
moment où il commençait à rire de sa frayeur,
un vif coup de sonnette ne se fût fait entendre à la
porte de l'appartement.

La bonne alla ouvrir, négligeant d'emporter sa
chandelle. Elle connaissait les aitres. Elle revint
et dit tranquillement :

— C'est le clerc de monsieur qui a oublié son
parapluie. En même temps il demande à monsieur
ce qu'il met dans ses odeurs pour que ses mains
soient brillantes la nuit comme des étoiles.

— Comment ! dirent à la fois le Jabiru et la
Jabiru.

— Et c'est vrai, ajouta la fille, dans le noir de
l'escalier, votre clerc a des doigts qui reluisent.

— Madame ! dit l'huissier avec une gravité, qui

13

se transforma en sourire contraint, comment se
fait-il que mon clerc ait touché à un petit flacon
que j'avais placé sur la plus haute tablette de mon
cabinet de toilette?

— Je l'ignore, répondit simplement Mme Jabiru.

— Vous l'igno… !

Mais le Jabiru, qui ne tenait pas à en savoir plus
long, car il en savait assez, grâce au *Mané, Thécel,
Pharès* moderne, fourni par le chimiste qu'il avait
ruiné, baissa soudain la tête, ordonna à la bonne
d'aller se coucher, et se mit au lit à côté de sa
femme qui se remit à scintiller, çà et là, comme
une voie lactée par une belle nuit de mai.

LA GRENOUILLE DE MADAME ERNST

LA GRENOUILLE
DE MADAME ERNST

~~~~~~~~

Puisqu'il s'agit de gre-
nouille¹, il serait inconve-
nant de ne pas emprunter à Homère, traduction
de Leconte de Lisle, l'invocation de début de
la *Batrakhomyomakhie*.

Donc :

— « En commençant, et avant tout, je supplie

« le chœur des Muses de descendre du Hélikôn en
« mon esprit, à cause d'un chant que j'ai mis dans
« mes tablettes, récemment, sur mes genoux. »

Et maintenant, flattons-nous de faire entrer
dans l'oreille des hommes comment l'excellente
Mme Ernst, illustre lectrice de poésies contempo-
raines, fut réduite en esclavage par le malin Charles
Cros.

L'histoire est authentique et je la tiens de l'héroïne, je veux dire de Mme Ernst elle-même.

Un soir, la veille d'une de ces séances auxquelles son beau talent sait attirer une foule véritable, Mme Ernst eut la curiosité de visiter le local
que la Sorbonne lui offrait pour le lendemain.

Elle tenait à s'assurer de la disposition de l'es-
trade, du nombre des places, etc., etc.

En entrant dans la salle obscure, quelle ne fut
pas sa stupeur, bientôt suivie de douleur, de voir
un homme, jeune et svelte, aux noirs cheveux
emmêlés, solitaire en ces lieux, et qui, complètement détaché des choses de la terre, perdu dans
les espaces infinis de la spéculation scientifique,
projetait gravement sur un immense tableau blanc,
à l'aide d'un mégascope quelconque, l'agonie mo-
numentale d'une grenouille.

Mme Ernst, troublée par ce spectacle inattendu,
toussa avec indignation pour avertir le savant de
sa présence.

Après quelques moments de vaine attente, la visiteuse, en proie à l'angoisse, s'écria :

— Mais, monsieur ! c'est épouvantable ! Finissez, je vous en prie !

— Oh ! pardon, madame, fit l'opérateur avec une extrême courtoisie, je ne vous savais pas là. Mais, que voulez-vous ? Vous semblez singulièrement émue ?

— Monsieur, je vous en prie, finissez ! Cet animal-là !... C'est effrayant !

— Eh bien, c'est une grenouille !...

— Mais je ne puis supporter ce spectacle, monsieur ! Interrompez votre expérience !...

Charles Cros, sincèrement étonné de cette insistance, répliqua :

— Madame, Galvani ne serait peut-être devenu qu'un ténor, si ce médecin bolonais avait écouté les défenseurs de l'inamovibilité des grenouilles italiennes. D'autre part, des milliers d'hommes, que personne ne plaint, meurent pour la recherche et la réalisation du plus petit progrès. L'humanité ne peut donc qu'applaudir quand, pour essayer de soulever à son bénéfice le voile qui cache la vérité inconnue, il ne lui en coûte qu'une grenouille. Souffrez que je continue...

— Monsieur, je suis Mme Ernst.

— Madame, je suis heureux de l'honneur qui m'est offert de vous présenter mes respects et mes compliments. Je suis M. Charles Cros, poète.

Dans sa modestie, Charles Cros oubliait de dire que l'auteur du *Coffret de Santal*, livre des plus remarquables et d'une saveur tout à fait originale, est aussi l'ingénieux chercheur qui, avant Édison, ainsi qu'il appert de communications adressées à l'Académie des sciences, a trouvé l'enregistrement électrique des sons et décrit un *phonographe* de son invention.

On doit aussi à Charles Cros de curieux projets de *correspondance avec les astres*, et enfin d'admirables essais de *photographie des couleurs.*

Mme Ernst reprit :

— Monsieur, puisque vous êtes poète, soyez sensible...

— Eh! bien, madame, pour vous, je puis l'être, comme il est chanté dans l'*Ariodant*, de Méhul : — *Femme sensible, entends-tu le ramage de ces oiseaux qui célèbrent leurs feux...* Mais à une condition...

— Laquelle?

— Je vais retirer cette grenouille de la situation évidemment anormale où elle se trouve, mais à la condition que vous réciterez demain, à votre auditoire, une des productions de votre humble serviteur.

— Tout ce que vous voudrez. — Que voulez-vous que je dise ?

— Le *Hareng-Saur !*

Mme Ernst ne savait pas du tout ce que c'était que cette extrême *folie* en prose, que, depuis, Coquelin cadet a rendue européenne, et elle jura de lire le *Hareng-Saur*, alors tout frais.

Et, gracieusement, Charles Cros lui concéda la grenouille dans un cornet de papier.

Mme Ernst, héroïque, lut le lendemain le *Hareng-Saur*, à la barbe stupéfaite d'un auditoire de gens graves et officiels, dont les cravates blanches se hérissèrent à la place des cheveux qu'ils n'avaient plus.

Au sortir de cette terrible épreuve, Mme Ernst courut chez elle. Elle avait soif de revoir l'animal pour lequel, dans sa batrachophilie sans bornes, elle avait récité des choses à faire bondir de la plus étrange manière tout l'Institut et le pont des Arts lui-même.

La grenouille, à ce que lui apprit sa vieille gouvernante, avait déserté la couche d'herbes où on l'avait déposée mourante et pantelante la veille, et on ne pouvait la retrouver.

Une grande partie de la nuit se passa à la chasse de l'absente. Enfin les deux femmes poussèrent un cri de joie vers l'aube. Elles retrouvèrent la bête paisiblement endormie sur une pédale de piano.

— Madame, dit la gouvernante, une femme de la plus haute sagesse, nous ne pouvons tenir ici un pensionnat de grenouilles. Vous n'avez pas arraché celle-ci des mains du cruel M. Cros pour la condamner à l'isolement. Il faudra donc lui acheter bientôt des camarades. Alors la maison deviendra un marais. Ce n'est pas admissible. Laissez-moi faire. Je vais aller la placer dans un bon petit coin de verdure et d'eau, que je connais. Elle y sera heureuse.

La gouvernante partit avec la grenouille, condensée dans un verre d'eau recouvert de papier. Il était sept heures du matin.

A huit heures du soir, elle opérait sa rentrée, avec la grenouille !

Que diable s'était-il passé ?

La gouvernante s'était rendue au square Montholon ; mais à l'aspect de divers gamins tout disposés, paraît-il, à accorder une attention trop soutenue à la grenouille, une fois qu'elle aurait été versée dans le bassin, remportant son trésor, elle était allée au parc des Buttes-Chaumont. Là, elle eut peur d'un groupe de messieurs décorés, de tenue grave, mais à l'œil ardent, qui avaient tout l'air d'être des savants en quête de grenouilles pour des expériences. Elle remporta sa grenouille de nouveau et visita la plupart des squares de Paris sans pouvoir se décider à abandonner l'animal à lui-même.

Enfin, elle pénétra dans le Père-Lachaise (je n'invente rien) ; elle se préparait à lever l'écrou le la grenouille, au pied d'un monument solitaire, composé d'un piédestal supportant une statue de bronze, et situé au milieu d'un carrefour, quand la voix d'un gardien mugit à son oreille :

— Voulez-vous insulter aux mânes du plus brave les membres de l'opposition sous Charles X !

Elle allait, en effet, peupler d'une grenouille le monument de Casimir Périer !

— Alors, comme Caïn fuyant l'*œil* qui le regarde du fond des espaces, la pauvre gouvernante arpenta rues et boulevards, sa grenouille à la main, désespérée, maudissant Charles Cros et les Dieux !

Ne sachant que faire, elle était revenue à la maison pour tenir conseil avec sa maîtresse.

Tel fut son simple récit.

Cette histoire émouvante n'aurait pas eu plus de queue que la grenouille elle-même, si l'indiscrétion reconnaissante d'une infortunée envers laquelle Mme Ernst se montra d'une charité intelligente ce soir-là, ne me fournissait heureusement le dénouement de ce drame.

Pendant que la gouvernante de Mme Ernst essayait de se débarrasser de cette grenouille plus tenace qu'un remords, la célèbre lectrice avait appris, dans un dictionnaire, l'histoire, les mœurs et l'utilité des grenouilles.

Cette étude avait rendu l'attente plus légère, et Mme Ernst savait, à huit heures du soir, que les

grenouilles de certaines conditions sont excellentes
pour soulager les phtisiques.

Le docteur Mallez, qui lui fit une visite dans la
journée, la confirma dans cette opinion.

Aussi, quand la gouvernante fit son apparition,
avec sa bête intacte, Mme Ernst songea tout de suite
à une malheureuse voisine qui s'en allait de la poitrine, et que l'humanité lui faisait un devoir de
secourir, puisqu'elle en avait providentiellement
en main le moyen.

Et puis, songea-t-elle aussi, cette grenouille
semble destinée à ne plus retrouver le bonheur
ici-bas. Abréger sa vie accidentée et fatalement
vouée à l'angoisse, lui fournir l'occasion de rendre
le bien pour le mal à cette humanité dont elle est
trop souvent la victime, voilà ce qu'il y a de mieux
à faire, et pour elle et pour nous.

Ainsi cogita judicieusement Mme Ernst, suivant
en cela l'exemple de cette châtelaine du moyen
âge qui, ne pouvant plus nourrir ses vassaux dans
une famine, les enferma dans une église et les
envoya au ciel à l'aide d'un incendie !

Et, une heure après, les poumons irrités de la
voisine étaient apaisés grâce à un suave bouillon
fourni, bien qu'elle ne fût pas grosse comme un
bœuf, par la dépouille mortelle de la grenouille
de Charles Cros.

Tout est bien qui finit bien, dirait Shakespeare.

CARESME PRENANT

～～～～～

A Saint-Thomas-d'Aquin. — Le jour des Cendres. — Neuf heures du matin. — Groupes nombreux de fidèles et... d'infidèles. — Bruit de chaises remuées. — Toux timides. — Odeur vague de vieil encens. — Et de New moon hay. — Un prêtre à front nu, en souliers fins très vernis, à boucles d'or, dit la messe à voix basse. — On vient de donner les cendres. — Les fronts sont marqués d'une croix bleue. — Tintement clair de pièces d'argent tombant dans un plateau de vermeil. — Au fond du chœur, palpitant dans un brouillard bleuâtre, un grand rayon de soleil oblique.

Le Célébrant. — *Dominus vobiscum. (Il ferme les yeux.)*

L'Assistant (*Il remue les pieds*). — *Et cum spiritu tuo.*

Le vicomte de Préampaille. — La petite marquise

14

n'est que poussière, mais c'est une bien jolie poussière... Comme le chapeau garni d'une fleur violette, la fleur de la pénitence, lui sied!... Son petit
air absolument contrit est charmant... Je voudrais
bien être l'image coloriée que son souffle ca-
resse...

LA MARQUISE DE ROUPERTUIS, *feuilletant la messe
du jour.* — Où en est-on?... L'abbé C... va si vite,
si vite, que je n'ai jamais pu arriver en même
temps que lui .. Il me dépasse toujours d'une
demi-oraison... Voyons, que fait-il?... Ah! il baise
la pierre de l'autel... Bon... Ah! voilà Mme du Châ-
froid qui entre... Comment a-t-elle pu ¡se lever si
tôt?... Mystère!... Elle a toujours sa robe de soie
olive... c'est hideux!... Comment sa couturière
peut-elle ne pas lui adresser les plus violents reproches?...

MADAME VEUVE DU CHAFROID. — Je suis en retard,
à ce qu'il paraît... Je me ferai donner les cendres
à la basse messe de tout à l'heure... C'est bien ennuyeux. Cela me fera manquer de parole à M. Sabre, qui devait me consulter pour un nouvel aquarium, ce matin.

LE VICOMTE DE PRÉAMPAILLE, *apercevant un ami.*—
— Ah! ce sournois de Cadavirol... Mais, que fait-
il? On dirait qu'il va boire tout le bénitier...
Myope, va !... si je pouvais te rejoindre... Oh!
bah! non!... Le profil d'Emmeline, auréolé de sa

voilette retroussée sur le front, est un spectacle autrement attrayant... Chère Emmeline!...

LA MARQUISE DE ROUPERTUIS. — Je dois être à faire peur, ce matin, avec ce chapeau de femme de chambre et cette scabieuse absurde... Mais je ne savais que mettre de congruent à la solennité du jour... C'est égal, j'aurais pu prendre mon bibi du matin, avec une rose mourante sur un lit de feuilles gris-perle... Justement, M. de Préampaille regarde par ici avec une obstination... antireligieuse... Enfin..., il faut se mortifier à tout le moins une fois l'an.

MADAME VEUVE DU CHAFROID. *réfléchissant.* — Je suis sûre que Mathilde a jeté une petite cuiller en vermeil à la rue, hier. J'en suis absolument certaine. Oh!... les domestiques!... Et le service qu'aimait tant feu le colonel est maintenant dépareillé... Miséricorde!... cette messe traîne en longueur!

LE VICOMTE DE PRÉAMPAILLE. — L'extase va très bien à la marquise. Ses yeux, levés vers les crevasses du plafond avec enthousiasne, sont remarquablement beaux. Le jour, frisant sur leur globe délicat, se baigne amoureusement dans la voluptueuse et pieuse humidité qui les lubréfie depuis un instant. Regard de sainte Thérèse. (*Le vicomte sourit.*) Mais Mme de Maupertuis n'est pas sainte Thérèse!... Seulement, elle emploie, ma parole! à l'égard de Dieu, les mêmes regards que pour ren-

dre fous les simples mortels, à la fin d'une valse
qui suit une station au buffet. — Chère pécheresse,
elle vient à l'église absolument comme si elle avait
reçu du ciel une lettre d'invitation la prévenant
que le Seigneur restera chez lui, mercredi 2° du
courant.

LA MARQUISE DE ROUPERTUIS. — Le marquis dort
comme un bienheureux réprouvé, à cette heure...
prions pour lui! — Et ce vicomte qui me lorgne,
quelle impudeur!... et dans le saint temple encore!... Il n'est pas mal, le vicomte! Jeune d'a-
bord, tous ses cheveux! — pas de moustaches, et
j'aime cela... Que vient-il faire à Saint-Thomas?...
Je ne me le rappelle plus. Mon Dieu! pardonnez-
moi ces mauvaises distractions, et excusez les
fautes d'une pauvre femme qui a mis un vilain
chapeau afin de n'induire personne en tentation.

MADAME VEUVE DU CHAFROID. — Cette petite éva-
porée d'Emmeline... me paraît bien distraite... et
quelle poseuse!... Ah! Jésus! quelle poseuse!...
— C'est indécent. — Ce pauvre de Roupertuis doit
être bien... fâché de son mariage. L'abbé C... y
met le temps, aujourd'hui! Je serai revenue trop
tard à la maison. — L'aquarium sera peut-être in-
stallé... M. Sabre me mettra des petits poissons
blancs... c'est affreux, on dirait une friture... Le
persil n'y manque même pas,.. Je ne veux que des
cyprins dorés ou rouges... et des petits coquillages

fendus roses... Feu le colonel aimait ces petits co-
quillages-là. Il leur donnait un nom... Ah! oui...
je sais... quelle bêtise!... Mais, où ai-je la tête?—
Souviens-toi que tu es poussière, et que tu retour-
neras en poussière... J'y songe, j'y songe vraiment; mais je voudrais bien avoir accompli rapidement tous mes devoirs religieux... aujourd'hui.
Il faut organiser le maigre de cette semaine... que
de tracas!

LE VICOMTE DE PRÉAMPAILLE. — La marquise m'a
regardé... si je ne me trompe? — Belle marquise,
vos beaux yeux me font mourir d'amour... Allons,
voilà que je m'exprime comme un gentilhomme
bourgeois... Singulier rendez-vous!... Ce n'est pas
positivement un rendez-vous. Tout le monde va à
Saint-Thomas, le mercredi des cendres, m'a dit
la marquise... Parole en l'air, soit, mais parole at-
trappée au vol par Léonidas de Préampaille.

LA MARQUISE DE ROUPERTUIS. — Décidément,
c'est mon ignoble chapeau que le vicomte examine
avec tant de ferveur... Quelle idée aussi m'est venue de mettre ce ridicule chapeau... par humilité?
C'est cela... pour plaire à Dieu? (elle lit l'Évangile).
— « En ce temps-là Jésus dit à ses disciples : Lors-
« que vous jeûnerez, ne prenez pas un « visage triste
« comme des hypocrites, car ils se font un « visage
« pâle et défait afin que les hommes s'aperçoivent
« qu'ils « jeûnent. » Ah! bon, alors, j'aurais dû

14.

prendre mon toquet de velours ou mon mortier
d'astrakan... (*La marquise continue de lire*) «... *Je*
« *vous le dis en vérité, lorsque vous jeûnerez, parfu-*
« *mez-vous la tête et lavez-vous le* « *visage afin que*
« *ces hommes ne s'aperçoivent pas que vous jeûnez,*
« *mais votre père qui est dans le secret...*» Ah !
mon Dieu ! je suis très coupable... Je n'ai pas du
tout suivi le commandement du Seigneur... Je
n'ai pas pris le temps de me faire coiffer !... Le
vicomte est très pieux. C'est un pratiquant, il sait
tout cela. Voilà pourquoi il me fait des yeux...
ma toilette... sans emphase lui semble une offense
à la divinité...

LE VICOMTE DE PRÉAMPAILLE. — Que veut dire ceci ?
— La marquise sourit, minaude, elle n'a plus son
petit air pénétré de tout-à-l'heure... Eh ! bien, ses
repentirs sont courts, à ce qu'il paraît... quelle
folie !... elle était plongée dans une muette et sincère douleur à l'instant, et la voilà tout-à-coup
qui s'épanouit, joue de la prunelle, fait la bouche
en cœur, et regarde sa main avec quelque satisfaction... Je m'y perds... est-ce que je lui agrée-
rais..., droit, droit, Léonidas, du haut de cette
pyramide de Scabieuses, un quart de siècle te
contemple... elle est adorable, la marquise !...

MADAME VEUVE DU CHAFROID. — Je donnerais un
louis pour être dans mon salon !... Ce M. Sabre
doit y être encore, ses poissons sous le bras... et

cette sotte Mathilde est si bête!... elle ne saura
rien dire à ce marchand de bocaux. — Ah! l'abbé C..
ferme son gros livre... et passe au tableau des
prières... cela va bientôt être fini... le temps de
prendre les cendres et je file...

LA MARQUISE DE ROUPERTUIS. — Mon Dieu, par-
donnez à votre humble servante. Je ne savais pas
qu'il fallait se parfumer et se laver la tête pour
jeûner avec plus de fruit et ne pas exciter votre
courroux... Justement, dans les journaux du
marquis à la quatrième page, hier, les grandes
affiches des magasins... des Tuileries. J'y vais cou-
rir en sortant de votre demeure, ô mon Dieu...
c'est à très bon marché : pour cinquante-huit francs
on a un magnifique chapeau (moins cher que chez
ma modiste, le POMPIER, très élégant, d'une forme
toute nouvelle, vraie dentelle, garni de roses sans
feuilles retombant dans les barbes de dentelles...
à ce que dit l'annonce.., il y a aussi des costumes
de demi-saison... presque pour rien...

LE VICOMTE DE PRÉAMPAILLE. — J'ai fait mon effet
— allons attendre la marquise à la sortie... en fumant un cigare. — Son dernier regard va décider
de mon sort... (*exit*).

MADAME VEUVE DU CHAFROID. — Enfin!... *ite missa
est*... pourvu que M. Sabre soit encore là...

LA MARQUISE DE ROUPERTUIS. — Le vicomte est-il
parti?... J'ai peur qu'il ne stationne près du béni-

tier... C'est très affreux de penser à tout cela...
ah! que j'ai mal commencé le carême... que je
suis malheureuse! et ce chapeau à fleurs de violettes, il me tarde de l'ôter... par exemple, si je
le remets encore, il fera excessivement... doux.

(*La marquise fait une révérence gracieuse à l'autel, et sort en tirant sa voilette sur son nez repentant.*)

L'HOMME HOMARD

~~~~~~~~~~~~

L'*Hommard* serait plus bref. Mais que dirait l'Académie? — Il s'agit de mon ami, M. Hippolyte, un artiste (en son genre unique) qui n'a que deux doigts énormes, mais sans difformités, à chacune de ses mains. Deux doigts pour tout potage, mais des doigts d'une force prodigieuse et d'une taille! — S'il s'était marié, il lui aurait fallu un porte-bonheur en guise d'*alliance*. Ses mains sont de véritables pinces, solides, violacées. Pendant de longues années, M. Hippolyte a vécu de ses pinces, les montrant çà et là dans toute l'Europe. On l'intitulait l'*homme-homard*. Mais on se lasse des phénomènes comme des choses naturelles, et l'*hommard* n'a plus d'amateurs. On ne l'engage plus dans les *caravanes* avec « *la jeune fille qui a ce que les autres n'ont pas* » et « *la femme colosse ayant opté pour la nationalité française* ».

— L'électricité a tué le métier, dit M. Hippolyte.
Des monstres, il n'en faut plus. Il faut de la science,
à présent. Tant pis pour nous autres phénomènes.

M. Hippolyte s'est forcément retiré des affaires.
Il a planté sa tente à Vanves, dans un terrain vague, le long d'un mur, c'est-à-dire qu'il a ôté les
roues de sa vieille loge peinte en vert délayé par
la pluie de toutes les latitudes, et il l'a installée au
sommet d'un monticule d'ordures séculaires, dessiné et planté de ses propres pinces. Il paye vingt-
cinq francs de location par an pour son monticule.
Mais il est chez lui et son maître. Un toit dépaillé
protège la couverture usée de sa loge, et une cein-
ture de douves de tonneau défend le monticule
contre l'invasion des enfants rôdeurs.

Un jour, passant devant ce wigwam parisien,
et voyant M. Hippolyte labourer la terre avec ses
quatre forts ongles, je lui ai offert un verre de vin
blanc. Il a accepté. Ça été le commencement de
notre liaison.

— Mais, a-t-il ajouté, une politesse en vaut une
autre. Venez visiter ma loge.

J'ai franchi la palissade, gravi le monticule, pénétré dans la loge verdâtre.

M. Hippolyte m'a offert un panier; j'en ai fait
un fauteuil à l'instant, tout en songeant aux puces
futures que me vaudrait ma témérité.

— Pas de luxe, vous voyez, mais le confort, a

grommelé l'*hommard*. Un lit de camp, un fourneau,
un poêle, un coffre, des livres, mon *cabot*, un
monstre dans un sac, mon violon, ma flûte de Pan
et mes souvenirs.

Exact. Il ne mentait pas d'un objet.

Le *monstre*, qu'il tira d'un sac devenu un con-
grès de mites, était un simple blaireau tout
râpé.

— Vous voyez ça? Eh bien, je ne le fais voir qu'à
des amis. C'est une bête inconnue. Buffon lui-
même n'en parle pas.

— Vous dites?... Buffon?

— Eh! bien, oui, Buffon; pas si fort que défunt
mon ami Broca (je suis dans ses ouvrages; voyez
articles « Main »), mais enfin, un savant. Eh! bien,
Buffon, il n'en parle pas. Regardez plutôt dans ses
livres, là-haut, sur la planche.

Je feuilletai les volumes désignés : c'étaient trois
tomes dépareillés, traitant des poissons, des mol-
lusques et des zoophytes. Ils ne parlaient pas du
blaireau, en effet!

— Et mon violon? continua M. Hippolyte. Vous
allez entendre ça. Une lyre!

Il tira un violon jaune paille d'un autre sac
miteux, et me fit remarquer que la crosse du violon spiralait en sens inverse des autres instruments du même genre.

— C'est à cause de mes mains. J'en joue sur

mes genoux, la flûte de Pan aux lèvres. C'est un
beau violon, un ami.

En disant ces mots, il le baisa avec tendresse,
puis il reprit avec mélancolie :

— Oui, un ami, un consolateur. — Dame, on
n'a pas beaucoup d'amoureuses avec des pinces !
et dans le pays *où qu'on* est sans savoir la langue,
le violon, c'est une conversation dans la vôtre.
Mais, faut vous dire que je ne sais pas l'ajuster.
C'est un violon d'accompagnement. Il faut que ça
soit accordé *mâle et femelle*, vous comprenez.

Je ne comprenais pas du tout, bien entendu,
mais j'écoutais le pauvre vieux *hommard* avec une
vive sympathie.

Il ajusta une flûte de Pan sous son menton et,
tout en y sifflotant, il se mit à râcler son violon
jaune paille, couché sur ses genoux, qui était accordé *mâle et femelle*.

Ma foi, c'était aussi harmonieux que Sivori.

Le *cabot*, un chien noir tout dépoilé, prêtait l'o-
reille avec ravissement.

Le concert terminé, je pris congé de M. Hippolyte, qui se préparait à faire cuire des artichauts.
Avec les artichauts, quand on est seul, on cause,
m'apprit le vieux saltimbanque. On arrache une
feuille, on fait une réflexion, on en arrache une
autre, on lâche une sentence. A la fin, on est sou-
lagé. Mon violon, mon cabot, ma flûte de Pan, mon

monstre et les *tableaux*, ça fait couler la vie...
Tous les jours, je vais dans les rues. Je joue. Je
montraille mes pinces. On rit. Ça me nourrit. Le
dimanche, je vais voir les tableaux.

Il ne fardait point la vérité, car, le dimanche
suivant, je voulus mener quelque curieux faire
une visite à mon ami Hippolyte. Mais nous en
fûmes pour notre course, car à la porte de la loge
verte, au-dessus du cadenas qui la ferme, se ba-
lançait un écriteau sur lequel il y avait, écrit à la
craie :

« M. Hippolyte est au Louvre. »

UN CITADIN ENDURCI

~~~~~~~

Un jour, il me disait du ton le plus sérieusement convaincu du monde, comme je l'engageais à m'accompagner seulement à cinq minutes de chemin de fer de Paris.

— Oh! non! l'air de la campagne m'est mauvais!

— Mauvais? vous troublez toutes mes notions d'hygiène, mon ami.

— Je ne me porte bien que rue Princesse, ou rue Saint-Séverin, mon cher. Ne criez pas au paradoxe.

— Alors la grande nature...

— La grande nature m'indispose. Le plein air, l'odeur des bois, les champs, le soleil, tout cela me donne des rhumes de cerveau. Voilà tout.

— Diable!

— Je suis encore plus ardemment amoureux de

Paris que Mme de Staël ; elle regrettait, à l'étranger,
le ruisseau de la rue du Bac ; moi, si quelque
démon jaloux me forçait d'aller habiter la campagne, j'emporterais l'eau du fameux ruisseau en
bouteille pour en respirer la chère odeur chaque
jour, afin de reprendre des forces. Ce serait mon
flacon de sels français.

— Vous m'autorisez à ne point être de votre
avis ?

— Parfaitement. Antée retrouvait sa vigueur
en touchant la terre natale, moi, c'est en me crot-
tant dans la boue de Paris, que je redeviens complètement moi même. Je ne sais rien de plus attris-
tant que la campagne. Au lieu des jardins, des
squares, aux plantes toujours vertes, aux fleurs
sans cesse renouvelées par des mains invisibles, il
n'y a dans votre campagne que de grands arbres
difformes, galeux, dont il faut attendre le feuillage
pendant des huit mois !

— Pourtant, en été ?...

— En été ! Horrible la campagne, horrible ! —
Où avoir de la glace, à la campagne ? où avoir du
poisson, à la campagne ? où avoir de l'ombre, à la
campagne ? où avoir de la fraîcheur, à la campagne. Mais, tenez, au mois d'août, le soir, dans le
passage Choiseul, il y a plus de solitude et de fraîcheur que dans votre campagne. On y peut rêver
en fumant, et pas de moustiques autour des lu-

mières, pas de cri-cri dans tous les coins, pas
d'odeur de fumier exaspéré par un soleil insensé,
pas de coqs le matin et le soir, pas de cris de
chouettes, pas de chenilles qui tombent dans votre
assiette. C'est déjà bien assez de la campagne des
Champs-Elysées. Elle me suffit.

— Tout à fait?

— Tout à fait. Pas de chemins à ornières, partout du bitume, du joli gaz, du bruit, des journaux
à portée de la main, des marchands d'allumettes
à chaque pas. Tandis qu'à la campagne, on se
brise les pieds, quand ce n'est pas la tête, la nuit,
dans les sentiers hérissés de pierres, où on ne
voit goutte, où il n'y a pas un débit de tabac, où,
quand on a oublié sa boîte d'allumettes, on est
sept ans sans pouvoir fumer. — Ignoble, votre
nature!

— Et la poésie du coucher du soleil?

— Mon ami, traversez tous les soirs le pont des
Saint-Pères à l'heure où le soleil descend derrière
l'Arc de Triomphe, en automne, et vous verrez les
plus beaux couchers du soleil du monde entier.
Traversez ce même pont, le matin, et regardez du
côté de la Cité, et vous verrez le plus magnifique
panorama de la terre.

La campagne est un préjugé. Elle pouvait être
utile et plaire à l'homme préhistorique; à l'homme
post-historique elle n'est ni nécessaire ni agréable.

Je l'ai vue une fois, votre campagne! J'y suis resté
huit jours et huit nuits, ce qui n'est pas peu dire,
dans votre pleine nature, eh! bien, j'ai cru y devenir
fou. Littéralement, j'y mourais d'une nostalgie qui
s'annexait aux innombrables inconvénients de la
campagne. J'ai bien juré, en la quittant, de n'y jamais retourner. Je suis parti sans regarder derrière
moi; et quand j'ai touché de mes mains tremblan-
tes, pour m'assurer que je n'étais pas le jouet d'un
affreux rêve, le premier kiosque du boulevard, j'ai
pleuré de joie!!

. . . .

Le citadin endurci qui me parlait un jour ainsi,
comme nous nous promenions dans le passage
Choiseul, c'était Xavier Aubryet, mort depuis, à
Paris, sans avoir voulu un seul jour aller à la campagne.

TOUT EST BIEN QUI FINIT MAL

~~~~~~~~~

Mme Des Casinos (Félicie), veuve, artiste peintre, trente-deux ans, blonde, qui revient d'Angleterre, où, après quatre ans de mariage, elle a perdu un mari fort désagréable, ce qui est jouer à qui perd gagne, dit-elle ingénûment, est assise dans la chambre à coucher de Mme Brocheton (Augustine), châtaine, trente et un ans, et une conversation intarissable, où les élans du cœur se mêlent aux remarques sur l'utilité des buscs à poire, est engagée entre elles.

Ce sont deux amies de pension qui se revoient pour la première fois après cinq ans de séparation, et on a beaucoup à se dire, cela se comprend. Ne faut-il pas d'abord, tout en s'examinant des bas aux chignons, donner des explications sur des passages de lettres restés incompris, et puis rire, et puis pleurer, et puis soupirer en racontant ses déceptions respectives, et puis décrire les défauts des maris?

Des Casinos est rétrospectivement assez mal accommodé dans son sépulcre. Quant à Brocheton, qui est en vie, il ne vaut guère mieux que défunt son confrère, au dire de son épouse légitime.

Mme des Casinos n'a pas l'honneur de connaître M. Brocheton. Mais il ne lui paraît pas être en effet le mari idéal que mérite son amie, d'après la description que celle-ci lui en fait.

— De l'apparence pourtant, de la tenue, ajoute Mme Brocheton. Mais, comme dit Shakespeare, beaucoup de bruit pour rien. Nous n'avons pas d'enfant.

Et les deux amies, en chœur, s'exclament, entre les versets des litanies assénées sur le dos de M. Brocheton et sur la mémoire de Des Casinos :

— Oh! les hommes! les hommes!

— Oui, les vilains hommes! bien vilains! reprend Mme Des Casinos, et chez eux, nul respect de la femme, surtout quand cette pauvre femme est jolie, isolée, et que, — mais est-ce notre faute, à nous! — elle conserve dans la démarche, bien qu'elle ait le cœur brisé souvent, un je ne sais quoi... un entrain de tournure, comment dirai-je, une résolution de formes... enfin, tu comprends...

— Ce sont des monstres!

— D'horribles monstres! Tiens, moi qui te parle, Augustine, et pas plus tard qu'hier soir, sur le boulevard de l'Hôpital...

— Ah! par exemple, Félicie! que faisais-tu par là, la nuit?

Mme Des Casinos, très digne, répond :

— J'allais chez un critique d'art, un ami de feu mon mari, que j'ai beaucoup connu à Londres. Il demeure rue du Petit-Banquier...

— Alors, je ne suis pas ta première visite?

— Tu es ma première visite de cœur. Celle d'hier soir était une visite d'affaires.

— Ainsi, à peine arrivée, tu as eu une aventure.

— Une aventure... oui, mais dont je me serai bien passée... va?

— Eh! mon Dieu! Est-ce qu'on aurait voulu...?

— Dieu te garde, ma chère, de pareilles propositions... J'en rougis encore.

— Ah! c'était donc tout à fait, tout à fait?

— Oui.

— Bien que son extérieur fût celui d'un homme du monde... belle barbe... des yeux profonds... bien chaussé... il avait un langage...

— Des mots déplacés?

— Oh! plus que cela!... Tu devines bien que je ne comprenais pas... Il me disait des choses, des choses... ce qu'ils disent à leurs créatures... je suppose...

— Diable!

— Impossible de répéter.

— Figure-toi le Serpent vantant et détaillant

les fruits de l'arbre de la science du bien par le
mal.

Pas possible !

— Je ne me rappelle plus. C'étaient des pro-
messes... des révélations... enfin, c'était affreux.
Je marchais vite, vite... et pas un sergent de ville...
et puis, je crois qu'il avait trop bien dîné... —
Il avait avec cela une voix très douce... mais il me
glissait des horreurs, ma chère, des horreurs in-
croyables.

— Tu ne l'as pas claqué ?

— Il m'aurait remerciée, peut-être, tant il
était... hors de lui... et avec cela une toilette irréprochable... un excellent cigare... Jamais je n'ai
tant souffert !...

— Et comment cela s'est-il terminé ?...

— Que voulais-tu que je fisse ? Pour m'en débarrasser... j'ai fait semblant d'être vaincue par ses
sollicitations effrontées, et je lui ai donné rendez-
vous... pour demain, trois heures... au Louvre...
dans les sculptures assyriennes, un endroit où
j'espère qu'il attrapera un joli rhume... en m'attendant sous l'orme de l'antiquité... car je n'ai
pas besoin d'ajouter, n'est-ce pas ? que ce monsieur
m'a inspiré le plus vif mépris...

— Sans doute, dit Mme Brocheton.

Puis elle exigea de son amie des confidences
plus précisées. Comme dirait Calino, elle se fit

mettre les *coings sur les ifs*. Et ce fut pendant un quart d'heure, entre les deux amies, un échange de rougeurs, d'exclamations, de rires nerveux et de grands cris d'indignation à l'adresse de l'infâme monsieur inconnu du boulevard de l'Hôpital...

— Oh! les hommes! les hommes!

Puis on se quitta.

Le lendemain, une femme étroitement voilée franchissait, avec une vélocité de biche poursuivie, le seuil de la galerie des antiquités assyriennes, galerie à la porte de laquelle, même au cœur de l'été, se tiennent des gardiens couverts de manteaux épais.

Entre nous, je suppose que ces gardiens conservent leurs épais manteaux pour faire croire au public qu'il gèle dans les salles assyriennes, et qu'il est dangereux d'y entrer. Ils obtiennent ainsi la solitude des salles, et cela leur permet d'y jouer tranquillement au bésigue, si bon leur semble, du matin au soir.

Donc, une dame étroitement voilée franchissait le seuil des galeries proclamées mortellement glaciales par l'épais manteau des gardiens.

Le cœur de cette dame battait fort, et avec des irrégularités condamnables. Elle avait toute la nuit réfléchi, comme Ève, sur les fruits défendus en général, et, en particulier, sur la récolte promise par un audacieux jardinier de l'arbre de la science du bien-par le mal... et... elle venait à la cueillette.

Comme on le devine sans peine, la dame étroitement voilée était l'une des deux amies réunies la veille pour la première fois, après cinq ans d'une séparation émaillée d'infiniment de timbres-poste.

Le cœur féminin a de ces *picas* insondables, de ces *boulimies* mystérieuses.

La dame étroitement voilée était en train de regarder, sur un bas-relief, le barbu Sardanapale en train de chasser le lion, quand un monsieur de belle apparence, très bien chaussé, pénétra à son tour, au grand désespoir des gardiens, dans les galeries assyriennes.

Il alla droit à la femme voilée, seule dans les salles, et qui lui tournait le dos, toussa, et prit une pose avantageuse.

La dame se retourna.

— Monsieur Brocheton!

— Ma femme!

Après un joli moment de silence, et avec une volubilité remarquable par son ensemble, ils s'avouèrent tous deux qu'ils adoraient secrètement les antiquités assyriennes.

— Je viens souvent ici, dit M. Brocheton. Si j'avais su!... que je regrette!...

— Mais que ne le disiez-vous, mon ami? répliqua Mme Brocheton, Je me serais fait un plaisir de vous accompagner. Je croyais que vous détestiez les musées.

— Oh! quelle heureuse rencontre !... reprirent-ils en chœur.

Ils visitèrent longuement les salles, y prirent de l'appétit, allèrent dîner dans un gracieux restaurant, et le soir même, bien qu'ils ne dussent pas monter un jour sur le trône, ils fondèrent une dynastie légitime.

Et ce fut, ma foi, la morale de cette histoire.

ÉLOGE DES SATYRES

ÉLOGE DES SATYRES

Ce 25 novembre, les filles majeures qui ont le courage, réellement surhumain, de ne point jeter leur bonnet par-dessus les moulins à vent, ont coiffé, sans enthousiasme, le front pâle de sainte Catherine, leur patronne, dont c'est la fête.

Sombre fête.

Je profite du retour de cette douloureuse cérémonie pour déclarer, la main sur le cœur, qu'il a existé, dans l'antiquité, une race d'êtres tout aussi à plaindre que les mûres vertus, forcées par un sort barbare de coiffer annuellement cette froide sainte Catherine, qui s'appelait, d'ailleurs, en réalité, Dorothée.

Ces êtres à plaindre, et à plaindre doublement, d'abord parce qu'ils n'eurent pas dans la vie plus de chance amoureuse que les modernes modistes de sainte Catherine, ensuite parce qu'ils continuent à être chargés injustement du poids de la réprobation générale d'un monde hypocrite et pervers, ce sont les satyres.

Pauvres satyres ! Lamentables Sylvains ! Faunes calomniés ! Egipans dignes de pitié !

Innocents *hommes-boucs* émissaires !

Que n'ai-je quelque éloquence à mettre au service de la défense et de la réhabilitation des satyres.

Comme je la consacrerais au soutien de cette sainte cause !

Mais je n'ai aucune éloquence. Je suis en froid avec l'éloquence, soit sacrée, soit profane, depuis ma naissance. Je la salue quand je la rencontre, mais voilà tout ; je n'ai pas ses sympathies.

L'homme n'est pas parfait.

Le satyre seul l'était, ce pur et doux rêveur !

Pourtant, j'en ai déjà trop dit, pour ne pas donner quelques bonnes raisons à l'appui de ce que j'avance.

Aide-toi et ce qui reste de ciel t'aidera.

Reste de ciel, je t'implore donc. Mais j'implorerai aussi et surtout le secours des héros de la parole des temps passés et présents.

Au clair de la lune, mon ami Pierrot, prête-moi ta plume pour écrire un grand nombre de mots.

Un grand nombre de mots disposés avec cet art concis et frappant dans sa sobriété, où vous êtes révélé maître, en donnant surtout de grandissimes coups de pied dans le sein du commissaire, jadis, au lieu de lui adresser des paroles.

Un grand nombre de mots que je conduirai à la bataille suprême que je veux livrer à l'opinion, touchant les mœurs des satyres et de leurs congénères, dans l'espoir d'amener enfin le triomphe des infortunés chèvre-pieds méconnus, que dis-je? diffamés! par la méchanceté séculaire des hommes.

Depuis qu'abandonnant leur encre ordinaire, qui était celle de la fort petite vertu, les champions de la morale publique, ès-feuilles quotidiennes, ont trempé leur plume dans une encre d'une vertu aussi nouvelle qu'incommensurable, après avoir trouvé cette admirable tête de turc qu'ils ont appelée la *pornographie*, il est une qualification, une épithète amère qu'ils jettent sans cesse, alors, à la tête des rédacteurs de ces histoires plus mal écrites encore que déculottées,

16.

dont tout Paris a été inondé pendant quelque temps.

Cette qualification, cette épithète, c'est celle de *Satyre*.

On a même été jusqu'à appeler un de ces rédacteurs de récits dégoûtants un — *Fauno-graphe!*

Je proteste!

Je proteste avec indignation, le pied posé avec tendresse sur cette terre où dorment à jamais maintenant les satyres, ces véritables héros de l'amour chaste et poétique qui moururent si souvent vierges et martyrs!

Oui, vierges et martyrs, sauf quelques rares exceptions.

Je ne laisserai pas insulter votre mémoire, ô mélancoliques joueurs de flûte, Lamartines des bois, Pétrarques des vergers, Sylvains austères, Egipans contemplatifs!

Et, comme dirait un Anglais :

— *I am object, very well!*

J'objecte! et beaucoup! contre la réprobation aveugle dont vous êtes l'objet.

Mais, voyons, sérieusement, — et la physiologie en main, — le plus vicieux (je suppose qu'il y en ait un), le plus vicieux de ces pauvres satyres dont on a fait les grands maîtres de la luxure et les parangons de la salacité, ne fut jamais qu'un professeur de léger badinage si on le compare aux plus vertueux de nos bourgeois.

Le plus vertueux de nos bourgeois, dans une seule année de sa vie, commet plus de détournements de nymphes qu'un faune n'en a jamais commis dans le courant de son existence entière.

Un malheureux satyre perdu dans les bois, vivant de racines rafraîchissantes, buvant de l'eau qui, je l'espère, était claire, mais qui était toujours très froide, trouvait bien rarement l'occasion de mériter les reproches que, depuis des siècles, on verse sur le souvenir de sa race.

Mais la mythologie elle-même, bien qu'elle ait été rédigée par des hommes, démontre à chaque instant que les satyres étaient les plus privés de bonheur des hôtes de ces bois.

Après des mois d'une amère disette d'amour, pendant lesquels leurs plaintes touchantes et, sacrebleu! bien légitimes, tiraient des pleurs des ours et des rochers, le hasard, attendri, essayait enfin de leur faire rencontrer une Nymphe coquette; mais, ô douleur indicible! — cette Nymphe se changeait toujours en roseau, comme *Syrinx*, ou en reflet des sons, comme *Echo*, au moment où, exaspérés par la famine, les Satyres tentaient de l'entraîner dans les antres, ces cabinets particuliers de la nature forestière.

Que dit encore la Fable, qui, cette fois, est la

vérité? — « Les Faunes et les Sylvains formaient
des rondes aux accords sans charmes d'un orchestre de pipeaux, avec les Dryades et autres habi-
tantes des taillis. »

Mais rien de plus innocent que cela !

Mais, est-ce qu'on a jamais traité de dissolus
les individus qui, pendant de longues années, ont
dansé en rond sur le pont d'Avignon avec leurs
dames?

Encore un coup, je déclare que les Satyres étaient
la continence même, qu'ils ne trouvaient et ne
pouvaient trouver dans leur bois natal que de
bien rares et bien courtes occasions d'obéir, comme
le premier homme venu, aux incitations impé-
rieuses de la nature.

Il fallait une combinaison de coïncidences tout
à fait particulière, pour qu'ils pussent surprendre,
comme on le leur reproche sans cesse en vers, en
prose, en peinture et en sculpture, une Nymphe
endormie.

Dans tout cet univers « et l'allez parcourant, »
je vous donne ma parole d'honneur que si vous
attendez pour vous marier la découverte d'une
Belle au bois dormant, vous risquerez fort de rester garçon toute votre vie.

Et c'est justement ce qui arrivait, le plus souvent, à ces honnêtes Satyres.

Ils vivaient malheureux, cœurs affamés, et mou-

raient, cornus avant la lettre, sans avoir jamais
fait un arrêt de quelques minutes au buffet de
l'amour.

Cessez donc, ô gardiens farouches de la morale
publique, d'appeler satyres les personnes qui écri-
vent des histoires salées et même poivrées.

Les Satyres, comme les filles majeures qui n'ont
pas jeté leurs bonnets par-dessus les moulins,
coiffaient, hélas! sainte Catherine plus souvent
qu'à leur tour.

Et, s'il leur est arrivé de faillir un jour, il doit
leur être énormément pardonné, car ils ont eu
bien peu la satisfaction d'aimer et d'être aimés
pour eux-mêmes!

LE CHIEN JAUNE

~~~~~~~~~

Au Luxembourg, du côté de la petite maison égayée de faïences bleues, dans l'ex-pépinière où l'on démontre que les abeilles sont la Providence des frotteurs, puisqu'elles fournissent la cire des parquets, je m'assieds auprès d'une très vieille femme, coiffée d'un chapeau qui en a tant vu de toutes les couleurs, en fait de rubans et de fleurs, qu'il s'est décidé à ne plus arborer que le noir, et quel noir !

Un noir d'intérieur de cœur désespéré de tout.

La pauvre créature exhale une forte odeur de chenil. Oh ! elle pue ferme.

La cause, c'est sans doute que sa cassolette à parfums lui est remplie par un grand voyou de chien jaune, efflanqué, avec une queue pelée et propre comme celle d'un castor, qui flâne devant nous, arrêtant tous les êtres de sa race et les flai-

rant avec aplomb et ironie, en haussant les
oreilles.

Je regarde ce grand voyou de chien jaune. La
vieille me regarde. Je souris. Elle sourit. Un vieux
sourire plein de bonté où je retrouve comme un
vague reflet des sourires disparus de parentes qui
m'ont gâté jadis.

— Il est à vous, ce grand chien jaune, madame ?

— Il est à moi, monsieur. Il est bien beau, n'est-
ce pas ?

Je m'incline poliment. A quoi bon briser un
cœur.

— Un Anglais m'en a offert 500 francs.

— J'allais vous le dire, madame. Et le contraire
m'eût étonné.

— Seulement, continue ma vieille voisine de
banc, monsieur est un coureur. Dame, je n'ai
plus mes jambes de vingt ans. Il s'échappe. Je l'ai
retrouvé il y a trois ans avec une dame. Elle était
jaune comme lui. Elle ne savait plus où aller,
après. Je l'ai adoptée comme une fille. C'était ma
bru à quatre pattes.

— Bravo !

— Ils ont fait des petits, des amours, monsieur,
tous jaunes comme père et mère !

— Chez vous !

— Dans ma chambre ; mais vous pensez, je ne
pouvais pas toujours surveiller mon petit monde.

Il fallait aller aux provisions, les petits grandirent. Je n'étais pas là.

— Je comprends. Ils suivaient le précepte biblique : croissez et multipliez.

— Oui, monsieur.

— Voilà bien des enfants à soigner.

— A qui le dites-vous. J'en ai trente-quatre...

— Miséricorde !

— Mais tous jaunes, monsieur, tous, comme père et mère.

— Dans votre chambre.

— Oui. Mais je les sors.

— Pauvre femme.

— Seulement, voyez-vous, monsieur, le concierge n'aime pas les chiens. C'est un vrai osage. S'il savait que j'en ai trente-quatre, ça serait un déluge. Heureusement, ils sont tous jaunes. Alors, je les sors l'un après l'autre, toute la journée, et le concierge croit que c'est le même.

. . . .

INCOMPATIBILITÉ D'HUMEUR

~~~~~~~~~

Dans l'atelier du peintre Z., le peintre Z. travaille ; le peintre Z. en personne, et non un autre peintre, ainsi que cela arrive souvent.

Le peintre Z. travaille. Pour le moment, le tableau auquel il sacrifie tant d'heures et tant de courbatures, tant de tubes à couleur et tant de peu de talent, représente, à l'état encore d'ébauche, un *Monsieur* et une *Dame* dans un intérieur bourgeois.

Les originaux ne sont point là. La pose est tenue par deux mannequins habillés des vêtements de cérémonie du bourgeois et de la bourgeoise.

Le mannequin mâle a l'air stupide et le mannequin femelle a l'air idiot ; tous les deux avec leurs sourcils noirs, tracés d'une façon impeccable, au-dessus de deux yeux écarquillés, dans une face immobile, rose comme un bonbon, agaçent les

17

nerfs d'un individu, las de diverses courses, qui les regarde et qui regarde le peintre qui les peint, de loin, étendu sur un divan moelleux.

Cet individu, c'est moi.

Un grand silence remplit l'atelier, où il fait très chaud. La pesanteur de l'atmosphère est telle qu'elle endormirait 100 p. 100 des yeux d'Argus lui-même.

Les mannequins ont de plus en plus l'air insipide et grincheux.

Je regarde donc, de loin, vautré sur un divan, le peintre Z., qui couvre sa toile de la lamentable image de deux membres des classes dirigeantes.

Je ne sais ce qui se produit alors, mais voici que j'entends deux petites voix aigres dialoguer dans le silence de l'atelier. Le peintre travaille toujours et semble n'y prendre point garde.

Moi, je suis tout oreilles.

Je découvre, après un mûr examen, que ce sont les deux mannequins qui parlent, l'air bête et grincheux, toujours immobiles, avec des gestes étranges de marionnettes frappées de paralysie.

Voici ce que je note.

— En vérité, madame, plus je vous contemple, et plus je trouve absurde que je ne sais qui ait eu l'idée de nous réunir devant ce tableau.

— Et moi, monsieur, je ne cesse de qualifier

d'imbécile le je ne sais qui, qui me force à vous contempler depuis huit jours.

— En vérité, ma chère! — Alors, j'en suis considérablement aise, car il me serait pénible, à la suite d'une concession obligeante de votre part, de reconnaître que vous n'êtes pas aussi privée d'intelligence que vous le paraissez.

— Vous n'êtes qu'un manant sans un atome de cervelle, monsieur!

— Très bien, chère madame. Je ne suis comme vous, qu'une poupée, mais vous avez le carton irritable!

— Mon cher monsieur, tout votre foin ne vaut pas deux sous!

— Si je ne craignais de passer pour un mannequin sans éducation, madame, je vous flanquerais à la tête le livre que ce mauvais peintre me fait tenir depuis huit jours.

— Et moi, si la retenue naturelle à mon sexe ne me tenait en laisse, je vous flanquerais au nez le bouquet de fleurs, odieusement artificielles, que ce peintre sans aucun goût m'a attaché au poing.

— En vérité! Essayez un peu.

— Vous le désirez? voilà!

Les deux mannequins mettent à exécution leurs menaces. Bouquet et bouquin, lancés d'un bras raide, se rencontrèrent en l'air et tombèrent sur la tête du peintre Z., qui, bondissant, allonge deux bons coups de son appuie-main au monsieur et à la dame aux ventres de son, en criant :

— Vous n'allez pas en finir de m'embêter avec votre incompatibilité d'humeur, imbéciles !

— Ceci me réveille — car, vous le pensez bien, je m'étais endormi sur le divan et j'avais rêvé tout cela — et je vois devant moi le peintre Z., qui me bourre les côtes avec son appuie-main et me demande :

— As-tu des allumettes ?

UN HOMME PEU CURIEUX

La couleur mélancolique du jour, hier, la brume fine et délicate qui, autour des hommes, des bêtes et des choses, semblait comme la fumée — passez-moi la comparaison — d'un feu de *perles*, l'aspect doux et dolent de la campagne humide, tout m'a rappelé une époque passée, jadis, dans le Nord, et des matinées de voyage où, après avoir erré, transi, le long des quais tranquilles, frangés de mâts de navires, j'entrais dans d'honnêtes petits cabarets aménagés et peints à l'intérieur comme des cabines de vaisseau, pour boire un grog brûlant au genièvre, un *demi-vapeur*, comme disait l'enseigne.

Je me suis souvenu alors d'un type assez bizarre auquel je fis une visite, par une de ces matinées là, dans les dunes des environs de Dunkerque, près de Rosendaël.

Ce type, dont on m'avait beaucoup parlé en

17.

ville, était un collectionneur marchand de faïences
de Delft.

Il habitait au cœur des dunes ces collines de
sable toujours mouvant qui bordent la mer sur
plusieurs hectomètres de largeur, sorte de désert
boréal où rien ne pousse, excepté l'*oyat*, une herbe
rude et amère destinée à mettre un léger frein à
la mobilité du sable marin, dont le vent déplace
et déforme continuellement les amas.

Dans les dunes meurent tous les bruits exté-
rieurs. Je me rappelle que le lent et interminable
vagissement de la mer, si voisine pourtant, s'y fait
à peine entendre, et qu'au milieu du silence général on y perçoit parfaitement au contraire le tic-
tac du cœur.

M. Bart (il s'appelait comme le héros dunker-
quois, Jean Bart) était logé, au fond d'un vallon
entouré de monticules sableux, dans une petite
maison au toit bas, couvert de grosses tuiles d'un
rouge éclatant, et dont les murailles de briques,
voilées d'un enduit à la chaux bleuâtre, avaient
exactement la couleur des chevaux blancs quand
ils ont le poil mouillé.

Un jardinet, planté de choux hauts sur tige et
de quelques maigres chrysanthèmes d'un ton de
chair, faisait un peu de verdure autour de la maison perdue dans les dunes, loin de toute autre
habitation.

La collection de faïences de M. Bart valait en effet la peine d'être visitée. Les plus beaux spécimens des imitations chinoises et japonaises que créa la célèbre fabrique hollandaise formaient sur les murs une décoration d'un goût charmant et d'une coloration ravissante.

Malheureusement, ce marchand ne vendait pas. Il engageait un marché, laissait choisir, recevait des arrhes, promettait d'envoyer le lendemain les pièces achetées; mais le lendemain, régulièrement, au lieu des pièces choisies, on recevait ses arrhes et un mot de M. Bart disant qu'il était habitué depuis trente ans à voir en place ses faïences, que les livrer lui décomplétait sa collection, lui causait un crève-cœur, dérangeait l'ordre et le style de sa décoration, bref, qu'il rompait le marché.

Singulier commerçant.

Il avait encore une autre singularité.

Il n'avait jamais vu la mer et ne désirait pas la voir.

Elle était derrière lui, de l'autre côté des dunes, à cinq cents mètres, mais il ne l'avait jamais vue.

Enfant, jeune homme, employé dans une filature de Dunkerque, il avait fait, matin et soir, le trajet de sa maison à l'usine et de l'usine chez lui, sans voir la mer.

A peine regardait-il les navires dans le fond des bassins. Mais comme des bassins qu'il côtoyait,

on ne voyait pas les flots gris de la Manche, la
Manche ne lui était jamais apparue, même de
loin.

Vieillard, habitué à ne pas voir la mer comme
à voir toujours ses faïences, il ne croyait pas devoir rompre cette double habitude.

— Pourtant, un jour, quand je serai bien bas,
je me ferai conduire sur la plage, disait-il.

Mais il disait cela surtout pour mettre fin aux
discours des baigneurs ou des étrangers qui, venus chez lui, l'exhortaient à monter au moins sur
la plus haute dune pour voir les flots.

Il est mort l'an dernier avec sa collection intacte
et sans avoir jamais fait un pas du côté du ri-
vage...

DEVANT LE VÉSUVE

On m'a communiqué la lettre suivante, et je commets l'indiscrétion de la publier pour le plaisir des gens qui aiment les impressions très vives de voyage :

Madame H. de R*** à madame G. P...

Ah ! ma chère !... Quelles jouissances exquises !

Qu'ils ont raison ces pauvres *facchini* qui s'écrient passionnément en contemplant leur ville adorée : « *Veder Napoli e poi mori !* »

Mais, vous, fantasque Charlotte, que vous avez tort de ne pas vouloir nous rejoindre ! — Ce n'est pas la société de M. de R... qui vous effraye, n'est-ce-pas ?

Mon mari, vous le savez, s'occupe toujours de ses petits pots noirs ou rouges, et passe la plupart de ses journées au fond de tombeaux prétendus

inviolés. Ainsi, brune veuve, rien à craindre du
côté du cher homme...

Qui peut donc vous retenir dans l'affreux Paris,
à cette heure ? — Le fameux ruisseau de la rue du
Bac n'a rien qui puisse vous tenter, j'espère. Ah !
ma chère, venez donc ici, vite ! — Voyons, un
effort... ou deux, paresseuse ? Est-ce que ?.. Je
suis bien indiscrète peut-être... Est-ce que votre
bon et tendre petit cœur, si éprouvé déjà, hélas !
aurait de nouveau reçu la flèche mythologique ?

Eh !

Voyons, entre nous, mon amie, ma plus sincère
amie, est-ce que ce charmant... (ne rougissez pas,
je ne dirai pas le nom...) de la marine... du ministère, vous savez ? Eh ! bien, est-ce lui qui vous
force à rester *intra muros* ?...

Voulez-vous que je vous confesse, ma chère ? Je
vais passer mon plus indulgent surplis, comme dit
l'abbé Moru. Vous y consentez, dites ?

Tenez, Charlotte, confidence pour confidence.
Je vais vous conter un conte, la première, bravement. Cela vous donnera du courage, peut-être. Et
de quel courage avez-vous donc besoin ?... Un charmant... (de la marine... du ministère) et presque
toujours absent, par conséquent, ne doit guère
charger la conscience.

Un marin, cela n'a rien de bien sérieux. — *Sans
peser, sans rester*, comme dit M. Hugo, d'Horace.

Vous vous exagérez, sans doute, la portée... moi j'ai pitié de vous. Et je commence.

A propos, ma chère, je *brûle* vos lettres toujours... ainsi, « passez-moi le séné ».

Vous avez lu dans les journaux, au moins dans la *Gazette*, que le Vésuve a repris le cours, à peine interrompu, de ses éruptions partielles. C'est une chose bien terrible, allez, ma chère ! Les paysans, du côté de Portici, dans les hameaux, ont pris la fuite, abandonnant les pauvres plants de vignes et les cotonniers qui les font vivre.

M. Gaston (il y a un Gaston...)... un jeune homme que vous avez dû rencontrer cet hiver chez Mme de P..., et qui s'est fait ici notre cicérone, avec une grâce dont je lui suis très particulièrement reconnaissante, me disait hier qu'il avait rencontré la *Muette* de M. Auber, à *Torre del Greco*, se sauvant comme les autres.

Je suis folle ! On ne plaisante pas en ce moment dans les villages greffés sur les ruines de l'ancienne Herculanum. On y a très peur. La lave coule jour et nuit. C'est affreux ; mais quel spectacle sublime !

L'autre soir, mon mari, M. Gaston et moi, nous avons été en mer, assez loin, nous enivrer de cet inoubliable tableau !

Les gouaches que l'on voit à Paris, sur le quai Voltaire, reproduisent assez fidèlement, impression de terreur à part, l'aspect du Vésuve enflammé

tel que je l'ai regardé, en tremblant, la nuit dernière.

Quelle nuit magnifique! — Je me tenais à l'arrière, à côté de M. Gaston. Il me soutenait doucement, le golfe étant houleux et le roulis assez
rude.

A l'avant, mon mari interrogeait le batelier.
Naturellement, au lieu de parler du Vésuve, mon
mari causait fouilles et vases étrusques. Le batelier, madré comme un Normand, lui faisait de
pompeuses descriptions des antiquités cachées
dans le champ d'un de ses amis, à trois lieues de
Naples.

Et nous, balancés par le flot, nous restions,
muets, à côté l'un de l'autre, les yeux rivés sur le
volcan.

Une émotion toute nouvelle agitait mes fibres
les plus ténues. Mon cœur battait violemment.
M. Gaston semblait pénétré des mêmes sentiments.
Je sentais les trépidations fébriles de son corps; il
soupirait de temps en temps.

Cette harmonie parfaite de nos sensations me
ravissait. Nous nous comprenions. L'admiration
nous unissait étroitement. Qu'il est doux d'avoir
un compagnon de belles pensées!

— Je ne sais si la lave coulera ce soir, de façon
à être vue d'ici, murmura soudain le batelier.

— Si la lune se cache tout à l'heure sous ces

nuages qui s'avancent, répliqua M. Gaston, certainement la lueur rouge du flot infernal sera visible.

— Attendons encore, s'écria mon mari. Je vais allumer un cigare. Quant à vous, Gaston, dissertez sur le phénomène, ma femme vous en sera reconnaissante...

Que vous dirais-je, ma bonne Charlotte? Nous nous abîmâmes de nouveau, Gaston et moi, dans la délicieuse contemplation du volcan. Mon mari reprit sa conversation avec le « pêcheur napolitain ».

La nuit s'assombrissait. De grosses nuées couraient majestueusement dans le ciel. Le vent s'élevait, plus frais qu'une brise. M. Gaston, pour me défendre du froid, jeta son vaste caban italien sur mes épaules. Je lui en offris la moitié. Il accepta. Le golfe de Naples eut ainsi son « Paul et Virginie ».

Nous ne quittions pas de l'œil le cratère qui paraissait redoubler d'activité. La flamme, par jets, clairs ou d'un rouge sinistre, montait dans l'air. Une longue fumée épaisse se traînait le long des flancs du volcan. C'était épouvantable!

M. Gaston me rassurait; il avait pris ma main, moite de terreur, et la pressait doucement. Je tremblais comme une feuille d'automne. De subites chaleurs me montaient au visage.

18

Et, devant la splendeur horrible de l'éruption,
mes yeux se mouillaient par instants.

Plaisirs inouïs!

On n'a pas idée de ces jouissances suprêmes, je
vous le répète, ma Charlotte, dans le noir et
boueux Paris. Non!

Ma tête s'égarait. J'étais près de crier. L'enthou-
siame me grisait. Que c'est beau! qu'elles sont
puissantes, ces émotions-là! comme elles font
vivre véritablement!

— La lave coule! La voyez-vous, Excellence, dit
tout à coup le batelier.

— Où diable?... où cela? demanda mon mari.

— Là-bas, Excellence, du côté du Résina.

— Ah! très bien. Ma foi, si on ne me le disait
pas!...

— Demain, si madame y consent, reprit vivement Gaston, humant fortement l'air bienfaisant
de la mer, nous irons à Portici. Ça vous va-t-il,
R...d, comme cela vous verrez la lave de plus
près. On dit qu'elle descend jusqu'au cimetière
de..., le nom m'échappe.

— Si ma femme en a envie... elle est libre!

Ah! ma Charlotte! vous devinez si je consentis,
avec un bon sourire à l'adresse de Gaston, à faire
cette curieuse excursion. J'objectai, cependant, ma
peur des foules. Or Portici est rempli d'étrangers.

Les plus maigres hôtels regorgent de touristes.

Mais Gaston, allumant une cigarette, me rassura.

— J'ai loué une *casa*, chère madame, nous y serons comme chez nous, comme chez vous, veux-je dire (car vous en serez la « *padrona* » adorée), ajouta-t-il tout bas.

Une heure après, nous étions en train de souper à l'hôtel de Rome.

Allons, mon amie, j'ai fait le premier pas, — et grandement. Resterons-nous en arrière, ma belle Charlotte ?

Répondez-moi tout de suite, tout de suite, ou je me fâche.

LE PREMIER DE L'AVENT

Dimanche, c'était le *premier de l'Avent*.

Quelques méchantes langues, des langues de Sapeur, sans doute, pour qui rien n'est sacré, prétendent qu'il faut prononcer la « *première* » de l'Avent.

Voilà qui est mal, très perfide, d'abord, et puis très ridicule ensuite. N'est-ce pas, mesdames ?

Comment peut-on, de sangfroid, assimiler les exercices pieux de la chaire à une représentation d'œuvres profanes ?

Certes, mesdames, vous aimez à savourer dans leur primeur les paroles touchantes d'un prédicateur renommé ; mais trouver un rapport malicieux entre le noble empressement que vous mettez à venir dans la maison du Seigneur et les démarches multipliées que vous faites pour assister à la représentation d'ouverture d'une pièce nouvelle, voilà

le fait d'un cœur pervers, d'un cœur de chroniqueur dépité.

Pauvres petites femmes !

Fait-on un crime aux tendres brebis, pour lesquelles, d'ailleurs, même sans être pasteur, on
donnerait sa vie vingt fois, de se précipiter tumul-
tueusement dans le bercail enfin ouvert ?

Non n'est-ce pas ? c'est bien naturel ! Et si ces
tendres brebis, accompagnées de leurs agneaux
bondissants, se font belles et vont se laver au ruisseau prochain, afin d'entrer plus blanches et plus
pures dans le temple béni, doit-on les traiter de
coquettes et de mondaines ?

Encore une fois, non !

Donc, disons aux chroniqueurs et aux mauvaises
langues : « Raca ».

C'est pourquoi, dimanche matin, M. de Gransac,
le blond M. de Gransac, le nouveau marié de six
mois, vous savez, le beau M. de Gransac, enfin,
avait bien tort de répondre d'une façon aussi...
hérétique à la douce exhortation de sa femme, la
chère Mme de Gransac, une de ces jeunes personnes
trop rares de nos jours, hélas ! que les flots de la
démoralisation universelle n'ont pas encore attein-
tes et souillées.

Du reste, je vais vous raconter ce petit... potin
de ménage.

Mme de Gransac l'a dit en grand secret à sa meil-

leure, à sa plus sûre amie, Louise de Valsàdeu-
temps, qui l'a redit à Mme V***, qui l'a reredit à
M. Paul, de qui je le tiens... Ainsi !

Dimanche matin, dès l'aube, Mme de Gransac se
réveille souriante, embrasse son grand mari : « Oh !
le vilain dormeur ! » et lui murmure, colombe
enchanteresse :

— Ami, il faut nous lever de bonne heure aujour-
d'hui. Je ne veux pas être en retard.

— Comment, aujourd'hui dimanche, par ce
froid boréal, quand la douce tiédeur de l'édredon
invite si bien à flâner sous le lin, en compagnie
d'une belle petite femme, plus fraîche que des
roses... Et pourquoi donc ?...

— Il ne s'agit pas de cela, monsieur. Aujourd'hui
est un jour sérieux. C'est le *premier de l'Avent*.
Toutes ces dames seront à Saint-Louis-d'Antin...
le père Caraboul y prêche...

Croiriez-vous, mesdames, que cet affreux M. de
Gransac, poussant un soupir railleur, répondit
avec un flegme qui n'eût été à sa place que dans
le cœur d'un sarrazin :

— Ah ! le père Caraboul... Il a un beau nom,
celui-là... Ah ! il prêche aujourd'hui, alors, c'est
différent. Je n'ai rien à te refuser...

Mme de Gransac, fort courroucée par cette ré-
ponse, qu'un baiser subit ne pouvait pas même
faire excuser, se mit à bouder au sein de son oreil-

ler. Le volant brodé de cet utile appareil se rabat-
tit sur sa petite figure, songeuse brusquement.

Il paraît que cet incident n'eut pas le pouvoir de
toucher bien profondément cet infâme M. de Gransac, car, se rapprochant avec respect de sa chère
moitié, il prit délicatement le volant en question,
entre le pouce et l'index, il l'enleva en criant :

— Coucou! ah! la voilà!

Mme de Gransac garda son gentil petit air re-
frogné pendant... cinq minutes. Mais la grâce
l'éclairant soudain, elle résolut de moraliser,
séance tenante, son époux impie, et de le ramener
à de meilleurs sentiments.

La grâce n'opère jamais elle-même... parfaitement, mais sous les apparences d'une chère, d'une
mignonne créature, en coquin de bonnet de nuit,
et tout ébouriffée comme un petit chat de huit
jours ; dame, la grâce opère efficacement, et d'une
façon que la plume la plus exercée n'arrivera
jamais à décrire.

Et puis, M. de Gransac n'est pas un cœur endurci.
Il cède sans honte devant d'excellentes raisons.
Ce n'est pas un entêté. On trouve toujours une
véritable satisfaction à reconnaître ses fautes !

Ce ne fut donc pas sans plaisir qu'il écouta les
tendres reproches de sa femme, de ce doux ange
qui mit, nous devons l'avouer à sa louange, une
grande ardeur dans ce beau rôle de Doigt de

la Providence indiquant le vrai chemin, rôle qu'elle avait entrepris de jouer au bénéfice de l'âme de M. de Gransac.

Elle y obtint, du reste, un succès flatteur.

Seulement le diable n'y perdit rien, et ce sybarite de M. de Gransac mit tant de temps à se convertir, que dix heures sonnaient à toutes les pendules de la maison lorsqu'on passa, de part et d'autre, les robes de chambre préparées depuis la veille.

La jolie prêcheuse et le tendre néophyte avaient grande faim en quittant l'oasis nuptiale. Une conscience déchargée de ses fautes laisse l'appétit se développer en paix dans l'estomac. Or, Mme de Gransac avait beaucoup fait pour la bonne cause, et son mari s'était repenti profondément à plusieurs reprises. Cela fait qu'au déjeuner ils ne laissèrent que des os nets et blancs sur leur assiette.

On n'a pas toujours vingt-cinq ans !

L'heure solennelle de procéder à une toilette modeste, mais d'un goût exquis et d'un prix élevé, tinta bientôt.

La chère Mme de Gransac, une de ces jeunes femmes, je l'ai déjà dit, que les flots de la démoralisation universelle n'ont pas..., etc..., etc..., etc..., passa dans son cabinet de travail féminin, et là, deux heures durant, se fit, au nez de la nature, une taille et une... chute de taille... d'un galbe insensé !

Des nœuds, des rubans, des pompons, des... que sais-je?... s'amoncelèrent, Ossa sur Pélion (pour parler pudiquement), en un certain endroit dont le développement excessif plaît fort aux Hottentots, peut-être, mais qu'un parisien comme moi, qui préfère la qualité à la quantité en tout, ne peut contempler aujourd'hui sans effroi d'abord et sans soupçons ensuite.

Quant à cet excellent M. de Gransac, couvert depuis longtemps des derniers chefs-d'œuvre de la taillerie française, il fumait un de ces cigares divins dus à la noire sueur des cultivateurs de la Havane (et que la régie française n'imitera jamais), en attendant la radieuse apparition de sa femme.

Dans la cour de l'hôtel, piaffaient avec rage les chevaux tenus avec peine en guides, et qui faisaient cliqueter leur gourmette inondée d'écume.

Enfin, à une heure cinq, Mme de Gransac, en costume tout à fait réussi, et étalant sur le velours de son vêtement des milliers de francs de fourrures, s'avança, comme une déesse, avec un joli sourire très terrestre de contentement au coin des lèvres, et demanda « si on la trouvait belle? »

— Belle! s'écria M. de Gransac, je le crois! Tenez, à Saint-Louis-d'Antin, voulez-vous parier que le père Caraboul sauvera moins d'âmes par sa parole, que vous n'en damnerez à jamais sans rien dire, eh !

— Oh ! mon ami, toujours des compliments qui sentent le soufre de l'enfer.

— Un réprouvé, récemment sorti de la géhenne, sent un peu la caque parfois, vous savez. Une ou deux autres conférences sur la grâce pourraient peut-être...

— Voyons, mon ami, ne plaisantons pas.

— Je suis sérieux comme l'obélisque, ma chère, et prêt à vous prouver que ce que j'avance...

— Allons ! Henri, taisez-vous ! La voiture est prête ?

— Oui, mon enfant.

— Eh bien ! descendons tout de suite, nous n'aurons plus de place là-bas, mon ami. »

.   .   .   .   .   , ...

Il était temps que M. et Mme de Gransac arrivassent à l'église, on s'écrasait poliment sur les portes et des exclamations aigres-douces se faisaient entendre. Le suisse, qui sait son monde, s'excusait, au nom du Seigneur, de l'exiguité du temple de la prière, il allait être forcé de refuser des habituées, disait-il.

Pauvre cher homme !

Enfin, M. et Mme de Gransac, au milieu d'un fort

murmure d'admiration (*côté des hommes*), de dépit
et d'envie (*côté des femmes*), s'installèrent pieuse-
ment, et, le frònt dans la main, s'abîmèrent en des
pensées fortifiantes tout à fait détachées (chez
M*me* de *Gransac du moins*), pour un instant, des
vanités de ce monde éphémère !

VALENTINE'S DAY

VALENTINE'S DAY

~~~~~~~~~~

En France, à Paris même, en dépit de notre apparente austérité de mœurs, qui fait de la jeune fille une sorte de petite perruche, raide, souvent désagréable et d'un abord difficile, les demoiselles ont aussi leur jour de fête, la Sainte-Catherine, pendant lequel, sous forme de bouquet, cadeaux, ou de lettres à volants de dentelles, ornées de dessins emblématiques, elles daignent accepter les hommages discrets de leurs petits maris ; mais cet anniversaire, célébré dans toutes les pensions à grand renfort de lanterne magique et de sucre d'orge, n'est à vrai dire qu'un pâle reflet, qui va s'affaiblissant d'année en année, de la grande *Saint-*

Valentin anglaise, époque solennelle du triomphe général des libres misses.

Éphémères déesses, leur culte reçoit ce jour-là, sous les apparences de lettres appelées *valentins*, une folle et éclatante consécration.

Toutes, depuis lady Maude Hillary, la riche héritière au regard dédaigneux, jusqu'à Susy, la servante irlandaise au coquet petit bonnet, attendent, le matin du 14 février, les témoignages écrits de la passion violente et contenue qu'éprouvent et éprouveront toujours à l'égard de leurs charmes sept ou huit amoureux de toute taille et de toute couleur.

Malheur au jeune garçon qui oublie de faire cet envoi !

Saint Valentin, personnage plus ou moins apocryphe, plutôt plus que moins, protège les amours enfantines. Pourquoi? C'est encore un mystère. Plusieurs solutions de ce problème ont été présentées. Aucune d'elles n'est satisfaisante de tout point. Ne nous creusons donc pas la tête à chercher pourquoi, et depuis quand les saints se mêlent de flirtation.

A propos, la traduction de ce mot flirtation, la voici, triviale, mais bien claire. Flirter, c'est filer le parfait amour.

Saint Valentin n'a pas encore de litanies composées en son honneur.

Il est temps de réparer cet oubli.

Puisse la bouche rose des misses de la vieille Angleterre répéter après nous les louanges et qualifications que mérite le grand saint britannique :

O saint Valentin !
Protecteur des amours ;
Terreur du directeur des postes ;
Soutien des libraires ;
Joie des papetiers ;
Ami des dessinateurs ;
Triomphe des coloristes ;
Effroi des postmen (facteurs);
Bonheur des jeunes ladies ;
Orgueil des parfumeurs ;
Ruine des amoureux ;
Heure de plaisir des servantes ;
Ennui des institutrices ;
Source de soupirs ;
Débouché des poètes inédits ;
Gloire des prosateurs ;
O saint Valentin !

ORA PRO NOBIS.

En effet, le valentin fait à la fois le bonheur des uns et la tristesse des autres. Ajoutons cependant que, dans la balance, le plateau bonheur est de beaucoup plus chargé.

Le directeur des postes et le postman ont quelque raison de craindre comme un fléau le 14 février de chaque année. Ce jour-là, il se distribue de quatre à cinq cent mille valentins, partis de Londres, dans les comtés des Trois-Royaumes.

Cette avalanche de lettres parfumées irrite au dernier point, et plus encore que les facteurs, les gens d'affaires et les commerçants, dont les papiers sérieux se trouvent confondus avec les valentins et retardés dans leur distribution.

Ne se souviennent-ils donc plus d'avoir envoyé, eux aussi, dans le temps, des billets coloriés, ornés de vers brûlants?

Brûlants est le mot. — Et quelles devises flamboyantes en tête de ces missives amoureuses! Missives toujours *anonymes*, ce qui en fait le sel et le grand charme aux yeux des misses intriguées, et qui attribuent souvent à John le valentin à « six pences » (le plus modeste des valentins) que Davy (qui s'est fendu d'un poulet de 10 shellings) a mis hier à la poste, en le couvrant de baisers, au grand ébahissement des passants moroses.

Le prix des valentins est très variable. Si les pauvres cœurs en trouvent à bon marché, les amants riches peuvent s'offrir aussi des billets splendides achetés une livre chez le parfumeur en vogue, ou chez le papetier à la mode.

Mais, dame, pour vingt-cinq francs, on a le vélin le plus luxueux, les couleurs les plus fines, les sujets les plus tendres, les parfums les plus délicats et les madrigaux les mieux tournés.

Car — précaution des plus utiles, — le texte du Valentin est presque toujours imprimé. De cette

façon l'amoureux illettré n'a pas à se donner le
mal du bourgeois gentilhomme, voulant tourner
d'une façon galante son : « Belle marquise, vos
beaux yeux me font mourir d'amour. »

Le valentin, que Sam, dans l'immortel *M. Pick-
wick*, de Dickens, envoie à Mary, la jeune bonne à
laquelle son cœur rêve, de temps à autre, est un
valentin dans les prix raisonnables ; il coûte un
schelling six pences.

Le dessin qui l'embellit charme tout à fait et de
prime abord les yeux du fidèle valet.

Donnons ici la description qu'en fait Dickens :

« Il représentait deux cœurs humains, hauts en
couleur, fixés ensemble par une flèche et qui cui-
saient devant un feu ardent. Un couple de canni-
bales, mâle et femelle, en costume moderne (le
gentleman vêtu d'un habit bleu et d'un pantalon
blanc ; la dame d'une pelisse rouge, avec un parapluie vert,) s'avançaient vers ce rôti, d'un air
affamé, et par un sentier couvert d'un sable fin.
Un petit garçon fort immodeste (car il n'avait pour
tout vêtement qu'une paire d'ailes) surveillait la
cuisine. Dans le fond on distinguait le clocher de
l'église de Langham... »

Paysage excellent et bien fait pour attendrir un
cœur de femme.

Quelle jeune fille, en effet, devant cette allusion
transparente à la célébration d'un mariage ne

répondrait pas oui, intérieurement, à la question timide qui termine invariablement ces sortes de lettres :

— Voulez-vous de moi pour votre Valentin ?

Quelle jeune fille, dis-je, lisant encore dans l'un des cartouches peints de son valentin, le *forget me not* (ne m'oubliez pas!) qui y est inscrit en lettres d'or, peut être assez insensible pour ne pas murmurer avec un mélange d'enthousiasme et de rougeur : « Oh! non ! Jamais! »

Le jour de Saint-Valentin apporte donc en général la joie la plus vive, accompagnée d'éclats de rire et de confusion, dans la jeunesse anglaise des deux sexes.

Les amoureux, séparés par les nécessités de la vie, se retrouvent une fois encore ensemble, en parcourant les phrases enluminées et parfois grotesques d'un valentin prétentieux.

C'est pourquoi le commerce des papiers à lettres ne périra pas encore à Londres d'ici à quelques siècles.

On peut s'en assurer pendant les huit jours qui précèdent la Saint-Valentin. Pas une boutique qui n'arbore des rames de papier colorié, imprimé, et protestant d'un amour inextinguible, à la devanture. On en voit partout. Leur *forget me not* semble un appel.

Impossible d'oublier, quand on est un véritable

gentleman, la jeune fille qui vous honore d'un sourire lorsque vous la croisez, au parc, ou dans la
rue. On lui doit bien un valentin en échange de
ses regards bienveillants.

Et tout le monde s'exécute. Avouons cependant
que cette gracieuse et poétique tradition commence à perdre de son importance dans les hautes
classes de la société anglaise. C'est la bourgeoisie
et le peuple qui achètent le plus grand nombre de
valentins, que le directeur des postes expédie avec
des larmes de désespoir dans les yeux.

On attribue au contact intermittent des jeunes
filles du grand monde parisien avec les misses de
high life les progrès que fait le *cant* en Angleterre,
à propos des innocents valentins, témoignages
puérils peut-être, mais chastes et sincères, du
culte poétique que la beauté inspire à nos voisins,
à l'âge de l'amour platonique et des attentions
chevaleresques.

LE BUFFET DE L'EXPOSITION

LE BUFFET

DE L'EXPOSITION

(BEAUX-ARTS ET AUTRES)

~~~~~~~~

PREMIÈRE TABLE

Un jeune homme seul, avec découragement.

Pich!.... elle n'arrive pas! — trois heures vingt!
— que diable peut-elle bien faire? — j'en suis à la
moitié de mon sixième bock! — deux heures de
pose! — se moquerait-elle de moi? — et ce garçon
qui me lorgne d'un air ironique... quelle scie! —
oh! les femmes mariées! — Amélie, vous me paye-

rez cela! — ma parole, je crois que le garçon
sourit! — si je remontais dans les galeries? — non
— attendons encore, — Mais c'est tout à l'heure
qu'on va jouer la scène VI du troisième acte,
reproches et jalousie!.... ah! mais oui! — ce garçon devine tout... si... patience! achevons notre
bière.

DEUXIÈME TABLE

Une famille.

Le père. Ah! l'art s'en va! personne ne sait
plus peindre finement, tous ils brossent leurs toiles
grossièrement, avec d'épaisses couleurs, — à part
le jeune Toulmouche, ce délicat interprète de la
bourgeoisie élégante! nous n'avons plus de véritables artistes.

La mère. Pourtant, Auguste, l'*Inondation* du
salon officiel est une belle œuvre, l'œuvre d'un
penseur; pauvres gens! As-tu vu comme ils se
cramponnent à leur radeau....

La demoiselle. Mais, maman, c'est un toit.

Le père. Oui, c'est un toit. Comme les tuiles sont
jolies!

La demoiselle. Papa, voici notre voisin, M. Péninsulaire, le peintre du sixième; il va nous saluer.

Le père. Bon! — Ah! Bonjour, mon cher monsieur, nous venons de voir votre œuvre. Votre clair

de lune est d'un effet tout nouveau... C'est bien rendu.

M. Péninsulaire. Mesdames... — Vous êtes trop indulgent, monsieur! j'ai fait de mon mieux, mon tempérament personnel...

Le père. Une petite critique! pourquoi n'employez-vous pas des couleurs fines? vous êtes tous les mêmes!

M. Péninsulaire, très sérieux, à voix basse. Elles coûtent trop cher!

TROISIÈME TABLE

Trois exposants.

Le premier (roux) avec désespoir	
Le second (brun) avec accablement	Au dépotoir!!!
Le troisième (blond) ahuri	

Chœur.

On m'a mis au dépotoir, — presque au rebut! — avec des mazettes! Que faire? réclamer? à qui? — ô honte, misère, malheur! je suis perdu! et mon cousin qui devait amener le frère d'un monsieur qui connaît un amateur! ô honte! misère! malheur! c'est indigne! Vengeance! — Que dire?

Le premier, avec dégoût	
Le second, avec tristesse	Garçon? un bock!
Le troisième, avec rage	

QUATRIÈME TABLE

Huit messieurs, chevelus, barbus, exaltent, le cigare au poing, le mérite de la toile du fameux Carolo Gobichard. Survient une jeune femme, grande, déhanchée, l'air bon enfant.

Tous. Oh! voilllà la belle Mandarine! salut, Mandarine!

Mandarine. Fraternité, messeigneurs! que boit-on?

Tous. Bavière.

Mandarine. Dites donc, jeunes et vieux loufiats, avez-vous vu comme Barbacane a traité mon torse?

Tous. Nous l'avons vu.

Mandarine. Mais c'est un académicien, ce monsieur-là! il m'a dessiné le dos... d'une façon humiliante.

Tous. Humiliante est le mot; il est dur, il est vrai.

Mandarine. Vous savez bien que je ne l'ai pas comme ça!

Tous. Nous le savons, Mandarine, non! — le Barbacane est dans son tort.

Mandarine. Plus souvent que j'irai dans son bahut, maintenant!

Tous. Mandarine a raison, trois grognements pour Mandarine, et buvons.

CINQUIÈME TABLE

Une dame seule, petite, timide, captivante; elle s'assied sans bruit.

LE GARÇON. Que désire madame?

LA DAME, *à voix basse, confidentielle.* Un peu de saucisson et un verre de vin de Bordeaux, je vous prie.

LE GARÇON, *d'une voix de tonnerre.* Saucisson, un! un bordeaux, un! un pain, un!

(*Tout le monde se retourne. La dame rougit extrêmement et s'abîme dans la lecture de son livret; grand silence.*)

SIXIÈME TABLE

Deux messieurs décorés, longue barbiche, air raide, sous-pieds énergiquement tendus.

LE PREMIER. Joli, ce Detaille! très joli! j'aime ces œuvres-là, moi, et quelle idée excellente. La polytechnie se jouant parmi la nature!

LE SECOND. Parfait! — au lieu d'une de ces forêts vierges, si gênantes, d'ailleurs, sur le passage des armées françaises, le peintre a choisi le moment où les sapeurs du *Génie* font leur œuvre et tracent une belle route bien droite... presque carrossable!

LE PREMIER. On abat les arbres par vingtaines. L'air circule plus librement, et la civilisation peut passer enseignes déployées.

Le second. Ce Detaille est un talent de premier ordre! Les soldats sentent la gamelle.

Le premier. On ne devrait décorer que ces artistes-là.

SEPTIÈME TABLE

Un gros individu.

Voyons. — J'achète à Gouradi son tableau. Sept cent cinquante francs, c'est une somme ! mais sa toile est un des petits succès de cette année. Gouradi a besoin d'argent. — Je lui fournis des couleurs, bien. — Sa bordure est belle. Je la lui achète pour rien.

Je revends le tout à mon ami de La Panole trois mille francs. Joli gain. — Mais de La Panole est capricieux : il revendra et je deviendrai de nouveau propriétaire de mon Gouradi. Or, le pauvre... garçon est mourant. Si j'ai la chance qu'il décède, avant deux ans, sa toile me mettra dans le gousset une dizaine de petits billets de mille, sans compter ses dessins à cinq francs dont j'ai fait provision. Bonne affaire ! Bonne affaire !

HUITIÈME TABLE

Trois collégiens.

Le N° 1. T'as vu le ministre ?
Le N° 2. Il est rudement flatté,

Le N° 3. C'est une demoiselle qui l'a peint, à ce qu'on dit.

Le N° 1. Oh ! — Toujours les cours de la Sorbonne ! tout pour elle, parbleu ! papa le dit bien.

Le N° 2. Mon cher, il y a une femme blanche sur du satin noir, là-haut, on me l'a dit : Crimonet, le petit Crimonet. — Faut voir çà.

Le N° 3. C'est joliment mauvais, va. Est-ce qu'une femme est faite comme cela ? pouah ! c'est à dégoûter du sexe.

Le N° 1. Tu t'y connais donc, toi, Gameloux ?

Le N° 3. Tiens, parbleu ! aux bains de mer, est-ce que...

Le N° 2. A propos, il faut que je vous raconte...

(Les amis se rapprochent.)

Le N° 2. Il s'agit... de ma cousine...

NEUVIÈME TABLE

Quatre pseudo-gommeux (ensemble).

Ah ! infect ! ah ! infect !—C'est crevant, tout ça, et ces statues, ont-elles des têtes. Et les bustes. Tous des décapités. On dirait le 93 des veaux, tous blancs. Il ne manque que du persil dans les narines.

Et Saint-Morçot qui expose cette année un sergent de ville gardé par une Cléopâtre qui a l'air d'une boutique de bijoutier arabe. A Chaillot, l'art industriel !— Ous qu'est ma massue, je vais écraser tout ça ! — Oh ! lala ! — mes vingt sous !

DIXIÈME TABLE.

Deux provinciaux.

LE GROS. Joli jardin. — Excellent cigare, — charmantes visiteuses, — belles statues, — tableaux remarquables,— bon déjeuner,— agréable journée.

LE MAIGRE. Je tenais à vous montrer quelques célébrités. Oh! Je connais mon Paris comme si je l'habitais ; tenez, mon cher, voici M. Sarcey là-bas, ce petit homme blond, avec une canne divisée en centimètres.

LE GROS. Pas possible! On le dit gros et noir.

LE MAIGRE. Je vous l'affirme. — Ce vieillard qui sourit tout au bout, de l'autre côté de la pelouse, c'est M. Aurélien Scholl. Ah ! c'est particulier, il n'a pas mis aujourd'hui ce faux-col énorme dont on parle si souvent.

LE GROS. Il n'a peut-être que celui-là, et s'il l'a envoyé à sa blanchisseuse... Les hommes de lettres sont si pauvres, vous savez... C'est égal, je crois M. Scholl plus jeune.

ONZIÈME TABLE

Deux jolies petites cocottes.

ERNESTINE. Te payes-tu un gâteau ?

LOUISE. Merci !— Ils sont cuits d'il y a sept ans.

ERNESTINE. Alors, je n'en mange pas. Mais, dis donc, est-ce que tu aimes ces expositions, toi?

LOUISE. Ah! tu sais, comme ça, pas trop. Ça dégarnit le boulevard le soir. Ils sont tous éreintés.

ERNESTINE. Oui, mais ça amène des étrangers.

LOUISE. Bah! Je m'en passe des insulaires. J'aime mieux les Français. Le premier du mois, ah! le jour de *sainte Touche*, ils sont bons là, nos compatriotes.·

ERNESTINE. Tais ton bec, ma chère. Voilà un gros qui s'avance; il a souri.

LOUISE. Droite. Là (*A voix basse*), présentons armes!

ERNESTINE, *même jeu.* Pincé, le bourgeois. La nourriture est payée! Part à deux, ma petite!

LOUISE. Oui, des miettes, tâche!

LE GROS MONSIEUR, *aimable.* Cette chaise est inoccupée, mesdames?

LES COCOTTES. Libre comme l'air!... Ainsi...
        (*Le gros monsieur s'assied.*)

UN GARÇON, *assis à une table du fond.* Enfin, elles étrennent. J'aurai pas cette chance-là.

LE CONSEILLER SECRET DES GRACES

Revu (*avec plaisir*), corrigé (*jamais*),
augmenté (parbleu !)

CHAPITRE PREMIER.—ALLURE et DÉMARCHE

DANS LA RUE

Printemps

L'air est capiteux. On ne peut plus le respirer
sans que le cœur n'aille un peu de travers. Ne pas
résister. Imiter même l'allure indécise et charmante de la Parabère sortant d'un souper du ré-
gent. Feindre un léger accablement, petits soupirs, air alangui. C'est l'instant où le soleil, timide
encore, glisse comme en rougissant des rayons
tendres entre les deux épaules, et dans leur aimable banlieue. Tressaillements pudiques. Que vos
regards vagues et errants soient pour les passants

comme les premières pousses vertes des fleurs. Les jardiniers galants, émus, se demanderont en les voyant si la plante que l'été fera s'épanouir sera du piment ou de la bourrache. Dans le doute, ils ne s'abstiendront pas et, à tout hasard, ils prodigueront leurs soins à la pousse inconnue.

Marcher lentement, pour beaucoup de motifs, dont le premier, qui me dispense d'énumérer tous les autres, est que l'épiderme est d'une suscepti- bilité remarquable à cette époque.

— « Un souffle, une ombre, un rien, tout lui donne la fièvre, » dirait La Fontaine.

Entr'ouvrir les lèvres si l'on a de jolies dents, et, comme une nymphe endormie... qui attend le satyre.

Si les dents ont été insultées par la nature aveu- gle, pincer la bouche, à la façon de la Joconde du Louvre, cela donne un petit air de sphinx mysté- rieux et railleur qui transforme les messieurs en Œdipes désireux de trouver le mot de l'énigme.

Faire frémir les narines.

En tout cas, que le bord de la voilette à pois- mouches frétille sur le bout du nez.

Naturellement, les yeux, quel que soit leur éclat, doivent être profondément cernés.

Les insomnies de la solitude mettent de ces ombres délicates sous la paupière inférieure. — Aider la nature par quelque chose qui se vend chez tous les parfumeurs, si l'on a pas d'insomnies causées par le veuvage de l'âme!...

Friser les cheveux follets de la nuque. Le vent presque continuel du printemps agite ces boucles à ravir, et met les lèvres masculines en éruption de baisers.

Ne pas relever la robe, si la robe est longue. Réserver ce truc vulgaire mais fidèle pour les saisons très chaudes ou très froides, comme un moyen héroïque.

Au printemps, les plis traînants d'une jupe habilement tendue sur une anatomie irréprochable, et qui s'émeut avec une lassitude voluptueuse, suffisent amplement pour incendier le cœur le plus calme.

Seulement, que le va-et-vient soit prononcé dans sa mollesse.

Été

Prendre, innocemment, un air dégrafé. Il fait si chaud! Se promener plus lentement que jamais. Examiner souvent si la figure n'est point couverte de perles de sueur, comme un alcarazas espagnol.

Ne pas soupirer. On ne croirait plus que ce sont des bouffées amoureuses qui montent à vos lèvres, on serait persuadé que vous avez un asthme, ce qui serait navrant !

J'ai dit qu'il fallait prendre une allure paresseuse; mais qu'il y ait du nerf cependant dans le lancer de la jambe et dans la pose du pied.

Autrement (l'homme pense toujours au mal), l'esprit des passants ne serait pas convaincu de la fermeté inébranlable de vos chairs adorables.

Le flan n'est pas aimé, le flanc seul est aimable.

Mettre plutôt des corsages lâches que des corsages ajustés. La cuirasse fatigue en été, si elle soutient. En outre, lorsque votre léger vêtement de dessus s'entr'ouvre, les contours mensongers, que semble mouler un corsage vaporeusement informe, éclatent aux regards et les séduisent.

Au nom du ciel, mes dames, montrez n'importe comment, mais montrez tout ou partie de votre mollet couvert d'un bas transparent.

En relevant robe et jupon sur le côté, on peut autoriser l'œil d'un homme complètement anéanti par la chaleur à voir jusqu'aux limites de la jarretière, par instants qui sont de furtifs éclairs, et cela rend service à votre prochain, si j'ose m'exprimer ainsi.

Je ne parle pas des pantalons, je les hais. C'est utile, je le sais bien. La poussière..., etc..., c'est égal, c'est hideux.

N'en mettez jamais à la campagne. Les femmes s'imaginent que tous les insectes en veulent à leurs charmes. Elles ont tort. Leurs charmes n'ont pas une valeur entre insectes.

Et un pantalon... oh! que c'est terrible! N'est-ce pas, messieurs?... Le madapolam est une frontière. Plus de douanes!

En résumé, comme l'été est une saison impitoyable pour les grâces délicates des dames, je ne saurais trop leur recommander, soit qu'elles aillent en visite, soit qu'elles bâillent aux étalages, d'affecter une morbidesse très panachée de témoignages d'un tempérament vigoureux.

Quelque chose comme un mélange de la langueur créole recouvrant les allures pleines de ton d'une Anglaise brune.

Soyez une poire fondante et fraîche pour la soif.

Pas d'œil cerné, qu'il soit clair et brillant comme celui du basilic. Nulle fatigue apparente. On doit supporter la chaleur comme un Esquimau supporte le froid.

Supprimez tout coton : ici et là, vous m'entendez.

Automne

C'est le moment de la récolte des cœurs. Le monsieur que les épreuves de la canicule effrayaient commence à penser aux douceurs de l'hiver.

L'automne, c'est un prologue. C'est à vous qu'il incombe, mesdames, de le réciter au public, mais en vers.

Les matinées et les soirées sont fraîches, si le milieu du jour est brûlant encore.

Aimable époque!

Les heures nocturnes sont appétissantes.

Les mois passés à la campagne, à la mer, ont rendu leur élasticité et leur nervosité aux muscles féminins.

Les machines de guerre (mille pardons!) sont garnies de nouveau de munitions et de rouages. L'arsenal est au complet.

Les courses à pied! toujours à pied (on fait suivre les voitures avec les gens). Les visites aux magasins en gésine d'étoffes nouvelles, dis-je, exigent de la part des dames un déploiement extraordinaire de lignes serpentines dans l'allure.

L'été, vous vous faisiez poire juteuse et fraîche pour le cœur altéré; à l'automne, vous devez présenter la pomme aux Adams inconnus.

L'air mélancolique n'est pas mauvais à prendre en le saupoudrant de petits sourires nerveux. Exhiber le blanc de l'œil, prendre à témoin le ciel, fréquemment, de votre vertueuse résignation. Être seule! seule au moment où vos rêves sont emportés par le vent avec les feuilles. Rien n'est plus touchant.

— Pauvre petite femme! se dit le promeneur inquiet, en vous enlaçant d'un regard pensif. Qui sait? C'est peut-être elle, celle que je cherche!

Alors, serrant sur votre torse, enveloppe charmante d'un cœur déjà frileux, les étoffes épaisses de votre costume, montrez à ce promeneur que si les rêveries d'automne assombrissent votre âme, le printemps est encore tout entier dans votre corps.

Votre beauté est une beauté des quatre saisons, remontante, comme les roses, et vivace, murmurerait un botaniste.

Portez un joli mouchoir à vos lèvres de temps en temps, comme quelqu'un qui s'en va de la poitrine au premier acte d'un drame.

Les messieurs aiment beaucoup les poitrinaires; on dit que leur tendresse... illimitée est exquise, et puis c'est si poétique de mourir... avant, pendant et après.

Hiver

Trottez à petits pas, à petits pas, vifs, prestes, sautillants, les jambes serrées, avec un petit air gelé qui fait penser à des fermetés marmoréennes de chairs saines et fraîches.

La pommette rouge. Si vous êtes pâle, aidez la nature, comme j'ai déjà eu l'honneur de vous le conseiller. On vend chez les parfumeurs des choses pour cela.

Allez vite, vite, montrant le mollet, sapristi!
Car c'est utile, au moins autant qu'en plein été.

Faites pressentir à l'observateur, surtout quand
la nuit tombe glacée, des envies folles de rentrer
à la maison, où il y a un bon repas; où il y a un
feu (heureux feu!) devant lequel vous faites innocemment chapelle, quand vous êtes à peu près
seule; où il y a enfin un lit moelleux et tiède dans
lequel se rouler est une chose divine... à deux!

Allez, allez vite, à petits pas, vifs, 'prestes, sautillants, serrant votre manteau sur vos hanches,
et tendant le jarret.

Ne respirez pas violemment. La vapeur mouille
la voilette. Mais respirez d'une façon entrecoupée
pour émouvoir votre poitrine. C'est charmant. On
devine ce qui semble perforer l'étoffe et la pousse
en avant, à droite et à gauche, quand votre manteau de velours fourré s'entre-bâille.

OBSERVATIONS

En toute saison, surtout l'été, un peu d'odeurs,
je vous en prie! un parfum anglais, distingué,
plutôt acide que troublant. Parfois de la violette
ou de la citronnelle. Pas de musc!

Peu de poudre de riz, et bien appliquée.

Pas de crinoline, sous aucun prétexte!

Claudication.

Une légère claudication, ou un petit dandine-

ment. Pas d'air de statue. Cela effraye. Rien de
vénérable. Rien de provocant. Un déhanchement
génial, où se retrouvent à la fois l'essor encore
rapide d'une colombe blessée, la torsion de reins
de Mlle de La Vallière, et la timidité de mouve-
ments d'une jeune mariée, due sans doute à l'émotion inséparable d'un premier début.

CONSEIL COMPLÉMENTAIRE

A côté de ce qu'on veut faire remarquer, que
ce soit secret ou apparent, mettre quelque chose
de voyant, chiffon, fleurs, galons, bijoux, etc., et
sans crainte !

Cela tire l'œil.

L'homme est si préoccupé ici-bas, qu'il est nécessaire de le convaincre tout de suite (en lui
faisant mettre les doigts de la pensée dans les
trous, absolument comme s'il s'appelait saint Tho-
mas) de la réalité des choses.

LA COULEUR DES NOMS

« *Des goûts et des couleurs.* »

C'était un soir, à la campagne, chez la princesse,
— une princesse de la rampe, d'ailleurs.

On discutait sur les correspondances qui existent, au dire des musiciens, entre les couleurs et les sons.

L'histoire de l'aveugle qui compare le rouge écarlate au bruit violent de la trompette venait d'être débitée.

L'*Épinette-palette* de l'abbé Castel avait été mise également sur le tapis.

On était arrivé même, en grimpant à cette échelle excentrique, à créer une *musique colorée* pour les sourds et un *spectre musical* pour les Quinze-Vingts.

Tout à coup un poète, que l'horreur qu'il nour-

rit avec soin pour tous les instruments en général,
et en particulier pour le piano, a rendu célèbre,
se mit à dire :

La nature m'a doué de sens rudimentaires et
grossiers, c'est évident, puisque le nom seul d'un
opéra me procure une attaque de nerfs ; mais je
dois avouer cependant que si je n'admets pas une
connexion frappante entre un son et une couleur,
j'ai souvent vu, dans mon esprit, une analogie
singulière entre les prénoms féminins et les couleurs. Ainsi, cela va certainement vous paraître
bizarre : Hélène, je ne sais pourquoi, est pour moi
gris-perle.

Chacun se mit à réfléchir.

Un champ d'observations nouvelles venait d'être
ouvert. On s'y rua.

Hélène, en effet, n'a rien de bien tranché. C'est
modeste, doux et agréable. C'est un peu fade, en
outre ; ni blond, ni blanc, et cependant Hélène
n'est pas un nom terne.

— Gris-perle ? oui.

Gris-perle fut accordé à la presque unanimité.

Ce fut le point de départ.

On chercha d'autres nuances et les noms qui,
dans la pensée, s'y peuvent rattacher.

Bref, on avait dressé, en riant, un tableau con-
tenant des gammes parallèles de noms et de couleurs.

Ce tableau, nous nous le sommes procuré, et nous le donnons à nos lecteurs.

Blanc	ALICE.
Pointillé-rose	GEORGETTE.
Rose	DENISE.
Rouge	JUDITH.
Grenat	CORA.
Brun	LAURENCE.
Marron	CHARLOTTE.
Mauve	MONIQUE.
Blond	GENEVIÈVE.
Orange	ISABELLE.
Jaune	AURORE.
Lilas	VALENTINE.
Turquoise	MADELEINE.
Doré	THÉODORINE.
Paille	FLORENCE.
Opale	BERTRADE.
Vert d'eau	OLYMPE.
Vert foncé	ELISABETH.
Indigo	LUCIE.
Violet	MATHILDE.
Bleu de ciel	CÉCILE.
Bleu tendre	JENNY.
Gris-perle	HÉLÈNE.
Gris de fer	PRUDENCE.
Noir	SARAH.

Clotilde parut un prénom pâle; Étiennette, Ernestine, Adrienne, Jacqueline, Fanchette, Claudine, furent rangés dans la catégorie des prénoms qui rappellent un semis de fleurs sur une étoffe blanche, ou des pois de couleur sur de la mousseline.

Les noms blancs très purs sont Bérénice, Marie, Marguerite, Clémence, Claire, Marcelle, Ophélie, Iseult.

Ceux qui donnent une idée de blond fade sont Adèle, Suzanne, Dorothée, Hortense, Agnès, Raymonde.

Le bleu tendre est commun : Eugénie, Zoé, Céline, Félicité, Virginie, Léonie, Élise, Amica.

Dans le noir absolu, imposant, on trouve Lucrèce, Diane, Rachel, Nathalie, Irène, Esther, Clélia, Rebecca.

Le rouge offre peu de rapports avec les prénoms. Hippolyte, Augusta, Faustine, Clorinde, Claudia, se rapprochent seuls de cette belle teinte écarlate.

Le vert — couleur composée — n'est rappelé bien vivement que par les prénoms suivants : Berthe, Anastasie, Bernardine, Valérie, Euphrasie, Eulalie, Pélagie, Balbine.

Le rose vif ou tendre est gracieusement évoqué par Caroline, Rosette, Colette, Laure, Aline, Césarine, Gilberte, Lyonnette, Arlette.

Le jaune, ridicule et violent, n'apparaît bien nettement à l'esprit, même quand on prononce les noms de Pulchérie, Gertrude, Françoise, Léocadie, Anne.

Quant aux gris, ils sont fournis par Gabrielle, Jeanne, Germaine, Henriette, Marthe.

Enfin, les prénoms d'une teinte indécise, vague, triste, vulgaire, sont ceux-ci : Opportune, Modeste, Pétronille, Hyacinthe, Désirée, Zélie, Ursule, Antoinette.

Nous livrons à nos lecteurs (sous toutes réserves) ces folles rêveries d'une société de poètes, d'écrivains et d'artistes : qu'on n'y attache pas d'importance. Ce sont tous des cerveaux fêlés, qui ne voient pas les choses comme elles sont et qui se figurent qu'un prénom a une couleur particulière, et qu'il est bon de la reconnaître avant de se donner à telle ou telle héroïne de roman ou de poème.

Ce qui est absurde, évidemment, pour un esprit posé comme M. Prud'homme.

A L'ALOYAU

La scène se passe à Paris.

Il est l'heure où les dames, mourant de faim et chargées de paquets extraits de magasins de blanc, échangent, dans les bureaux d'omnibus, des paroles sèches et polies, parce que l'une d'elles, qui a le numéro 309, a voulu monter dans la voiture avant le 299, le 300 et le 301, ce qui est intolérable !

Le gaz se lève, empourprant de son aurore le ciel bas et gris où les tuyaux de cheminées lancent des fumées qui sentent la soupe à l'oignon ou la soupe à l'oseille.

C'est l'heure des *avatars* du cheval dans les petits restaurants. La plus noble conquête de l'homme s'y transforme en bœuf à la mode, filet en chevreuil, et, dois-je le dire, en lapin chasseur.

Donc, en ce moment qui cloue, devant l'étalage

des marchands de comestibles, un tas de gueux,
la langue en trompette, deux hommes se rencon-
trent sur le boulevard Montmartre.

L'un de ces hommes est court, gros, blême, avec
un bel œil oriental et un profil exotique à longues
moustaches, si accentué, qu'on a envie de dire :

— Voilà sans doute Polichinelle-Shah.

L'autre individu, naturellement, est long, maigre et couleur de brique, mais il a aussi un bel
air oriental et un profil exotique accentué ; de
plus, il porte une barbe noire bien plantée.

En le voyant, le passant songe qu'il croise tout
à coup Sidi-Abner-ben-Abraham, rabbin d'Afrique.

Les deux êtres que nous venons de décrire de
cette façon sommaire s'abordent, et le rotond s'é-
crie avec un fort accent méridional :

— Eh ! jé né mé trompé pas, c'est bien Lévy
Pénéfelder !

L'émacié sourit et hache les mots suivants avec
un fort accent alsacien :

— Foui, chest moi. Che fous regonnais. Fou
edes Azer Pounoupoul?

Le rotond reprend :

— Azer Bounouboul, eh ! oui ! Et comment vas-
tu, Pénéfelder, depuis dix ans qué jé né t'ai-vu?
hé !

— Che fais pien, Pounoupoul, che fais très pien,
che me borde gomme audrefois.

— Ce bon Pénéfelder, hé! Et qu'est-cé qué tu fais? Moi, jé suis banquier à Toulouse, hé!

— Ce pon Pounoupoul! Ia! moi, che suis panquier aussi, à Anvers.

Avant de continuer à reproduire le dialogue dévidé sur le boulevard Montmartre par les deux banquiers que nous venons de présenter à nos lecteurs, nous prévenons ceux-ci que nous n'avons nullement l'intention de les faire parler plus longtemps avec leur accent. L'illustre Balzac avait seul le droit de forcer ses admirateurs à mourir de rage devant les incompréhensibles tirades du baron Nucingen.

Nous prions donc nos amis de lire ce qui va suivre en y ajoutant mentalement, et encore si ça leur fait plaisir, l'accent qui appartient à chacun des interlocuteurs.

Donc, Aser Bounouboul, de Toulouse, et Lévy Pénéfelder, d'Anvers, se racontent ce qu'ils sont devenus depuis leur départ de Paris. Ils l'ont quitté il y a dix ans. Ils n'étaient alors que de petits commis de banque. On les voyait, sous les colonnes de la Bourse, errer de groupe en groupe, où, tels que des avisos pressés, on les apercevait dans les rues, cinglant à toute vapeur sur les maisons de finance des environs.

Et Bounouboul dit avec un rire large :

— C'était le bon temps, Lévy!

Et Pénéfelder répond, comme un écho :

— C'était le bon temps, Aser !

— Et tu es à Paris pour quelques jours, Lévy, demanda Bounouboul.

— J'y suis arrivé ce matin, mais j'en repartirai dans quatre jours, fait Pénéfelder. Et toi ?

— Moi de même. Arrivé ce matin, Toulouse me reverra dans quatre jours, fait Bounouboul.

— Quelle bonne rencontre !

— J'en suis tout joyeux !

— Dînons ensemble.

— Je le veux bien.

— Où cela ?

— Où cela ? Ma foi, dit Bounouboul après un moment de réflexion, j'avais une idée. Ce matin, dans le wagon, je me suis promis d'aller dîner aujourd'hui à ce petit restaurant, tu sais bien, de la rue du *Chèque*, à l'ALOYAU, où nous mangions jadis pour 1 franc 30 centimes.

— Tiens, c'est singulier, dit Pénéfelder, j'y ai pensé aussi ce matin, dans le wagon ; mais tu sais, à mon âge, habitué que je suis à une bonne table, maintenant le dîner de l'Aloyau me paraît un peu maigre.

— Bah ! ce n'est ni pour la mangeaille ni par économie que je veux retourner à l'Aloyau, c'est pour me replonger dans des souvenirs de jeunesse, c'est pour...

— Alors, mon cher, va pour l'Aloyau ! cela ne nous ruinera pas, toujours ! — Tu as raison. On causera du passé. C'est une sauce qui fera passer le dîner. Et puis, ce n'est que pour une fois...

— En route pour l'Aloyau ! Ce bon Pénéfelder ! Que je suis heureux de l'avoir rencontré.

— Je t'en dis autant. Cela me fait grand plaisir de dîner avec toi. Et les affaires vont bien ?

— Très bien ; je ne m'en plains pas, du moins. Ma maison marche. Et la tienne ?

— Encore quelques années, et je serai un des premiers banquiers d'Anvers.

— Moi de même à Toulouse. Allons dîner !

Ils s'en vont bras dessus bras dessous. Ils arrivent à l'Aloyau. Le petit restaurant de la rue du *Chèque* n'a pas changé de place. Sa grosse lanterne est toujours à son poste, éclatante de lumière, avec ses inscriptions qui séduisent les grands estomacs dont la bourse est petite.

Pour 1 fr. 30 on a : « un potage, le choix entre deux rôtis différents, deux plats de légumes ou un dessert, un carafon de vin, et le pain à discrétion ».

Bounouboul et Pénéfelder s'installent. Ils avalent leur potage. Ils choisissent entre les deux rôtis différents. Ils demandent des œufs (eux, malins), qui peuvent remplacer un légume. Ils demandent du dessert. On demande une bouteille de vin.

(Vous en déduirez les carafons, garçon !) On passe
la revue du passé. Te rappelles-tu ceci? Te sou-
viens-tu de cela? Étions-nous pauvres! En avons-
nous eu de ces jours de déceptions et de jeûnes!
Et patati, et patata.

Puis, Bounouboul s'écrie :

— C'est égal, voilà un dîner que nous ne refe-
rons plus, n'est-ce pas?

— Certes non, riposte Pénéfelder. C'est bon pour
une fois, sais-tu? Mais aujourd'hui, à Anvers, même
en trouvant la dépense un peu forte, on vit d'autre
sorte. Il faut tenir son rang. Et puis, la jeunesse
n'a qu'un temps. L'Aloyau, tous les jours, ce serait
un peu léger.

— Moi de même, reprend Bounouboul, on cite
ma table, à Toulouse. — L'Aloyau me fait rire !

Et les deux amis sortent du restaurant, bras
dessus bras dessous, comme ils y étaient entrés.
Arrivés au boulevard, ils s'annoncent qu'ils ont
quelques visites à faire. Ils se serrent avec effusion
la main. Ils n'osent se promettre de se revoir
pendant leur séjour à Paris. Ils ont si peu de temps
à eux et tant d'invitations !

— Mais tu sais, dit Pénéfelder, si jamais tu viens
à Anvers, ma maison est à toi.

— Moi de même, dit Bounouboul. Si jamais tu
passes par Toulouse, le meilleur hôtel de la ville
sera ma maison, souviens-t'en !

Ils se quittent.

Le lendemain soir — à l'heure où les dames
échangent des paroles sèches et polies dans les
bureaux d'omnibus parce que l'une d'entre elles,
qui a le n° 504, a voulu monter dans la voiture
avant le 501 et le 502 — M. Pénéfelder, banquier
à Anvers, se dit :

— J'ai faim, je crois. Où vais-je dîner ? Ma foi,
je n'ai pas du tout si mal mangé que cela, hier, à
l'Aloyau. C'est très propre. Et puis je ne suis pas à
Anvers. Pourquoi dépenser inutilement de l'argent ? Il est si rare !... Les notes sont plus grosses
au café Anglais qu'à l'Aloyau, c'est certain, mais
les plats y sont aussi petits. Allons ! allons ! pas de
fausse honte. Allons à l'Aloyau ! Et puis, qui le
saura ? Bounouboul est un dépensier. Qu'il soupe
chez Bignon si cela l'amuse. Moi je retourne à mon
petit mouton aux pommes.

Ayant pris cette résolution suprême, Pénéfelder
se dirige avec ardeur du côté de la rue du Chèque.
Le voilà au seuil du restaurant modeste, sous l'é-
norme lanterne aux inscriptions séduisantes. Il
tourne le bouton. Il entre. Il jette un coup d'œil
dans la salle, et à la table où il a dîné la veille, il
aperçoit, rouge de honte en le voyant, M. Aser
Bounouboul, banquier à Toulouse.

OU MÈNE UNE CHANCELIÈRE

~~~~~~~~~~

Je reçois enfin des nouvelles de mon ami Philippe, absent de son domicile depuis huit jours, ce qui n'est rien... et depuis huit nuits, ce qui est infiniment plus grave.

La nuit ne porte jamais un bon conseil, à ce cher ami.

Je publie sans autres commentaires la lettre qu'il daigne m'adresser.

Voici ce beau morceau épistolaire :

Hôtel de l'Épinard-Bleu (sic). *Ville inconnue.*

— « Oui, je suis à l'hôtel de l'Épinard-Bleu, dans une ville quelconque. J'ignore son nom. Cela se comprend du reste. Je n'y allais pas quand j'y suis arrivé. Et c'est la nuit, au sein d'un omnibus récalcitrant, que des haridelles vulgaires m'y ont conduit, malgré moi, avec mon consentement.

Voilà où mène une chancelière!...

Pardon, mon ami!... Je ne suis pas encore fou
tout à fait. Mais j'espère qu'avec le temps et les
soins, j'obtiendrai cet aimable résultat.

Ce qu'il vous faut, en ce moment, c'est une explication. Je le sens. J'hésite à vous la donner, car
elle n'expliquera rien du tout. Il vous faudrait
être à ma place, pour voir clairement que j'ai raison d'avoir tort.

Je le sais, c'est aujourd'hui mardi, vous m'atten-
diez à dîner samedi, et vous m'avez attendu comme
Mme Malbrouck a attendu son mari, après la
Trinité. J'entends d'ici le concert de vos impréca-
tions : « Où diable est Philippe? que fait cet impossible Philippe? le Seigneur l'emporte! »

Je l'avoue, les appels désespérés de mon meilleur ami me percent le cœur. Il est même si bien
percé qu'il fuit, et des larmes inondent le papier
sur lequel j'écris. Mais, cependant, je ris de temps
à autre, en songeant à ma position ; elle est bonne,
merci. Ne vous inquiétez pas de moi. Je suis couvert d'or, par le plus singulier des hasards. Vous
regrettez d'apprendre, je le devine, que je ne
sois pas réduit au pain et à l'eau. Vous désirez
peut-être que la misère m'admette comme élève
dans son pensionnat. Arrachez-vous à ces douces
pensées. Entre un grabat et votre serviteur, la dis
tance est encore incommensurable.

Non, je viens de terminer un petit déjeûner de
province, sans façon, mais copieux. C'est en présence d'une corbeille solitaire en porcelaine, remplie de mousse où s'abritent de luisantes pommes
d'api, et mon unique compagne de table, que je
trace ces caractères mal assurés.

(Style du bon vieux temps.)

Voilà où mène une chancelière ! mais pas d'équi-
voque. Vous n'aimez pas cela. Il ne s'agit point ici
de l'épouse, contrôlée à la mairie, d'un dignitaire
français. Le chancelier de l'échiquier lui-même
peut bien être tranquille là-dessus. Je n'ai point
enlevé sa femme, ou vice-versa.

Non ; ma *chancelière*, la chancelière enfin qui
m'a fait devenir le locataire de l'Épinard-Bleu
(pourquoi bleu?) est tout bêtement le cylindre
d'eau bouillante d'un wagon de première classe.

Vous saisissez?

En lui-même, ce cylindre n'a rien de subversif.
C'est même, au point de vue de l'art, une chose
assez stupide. Cela a l'air d'un tronçon de boa.
Bref, une chancelière de la compagnie P.-L.-M.
est évidemment incapable de détourner du bon et
droit chemin votre Philippe.

Mais — mais — quand, à huit heures du soir,
cette chancelière se trouve, soudain, honorée d'une
paire de bottines de voyage fourrées ; lorsque, toujours à la même heure, ces petites bottes de

voyage, fourrées, contiennent des bottines en cuir mordoré ; lorsque ces bottines contiennent à leur tour des pieds qui gantent du 33 1/2 ; alors, mon cher ami, l'importance de la chancelière P.-L.-M. prend des proportions énormes...

Énormes surtout pour un modeste jeune homme, d'allure timide, bon fils, bon citoyen, bon amant, qui se trouve, pour un motif quelconque, faire vis-à-vis à la dame dont les bottines fourrées honorent la chancelière en question.

Permettez-moi d'étaler les lambeaux de mon âme devant vous, mon ami.

Parole d'honneur, l'autre soir, huit heures, je me rendais pour motif pressant dans un village voisin de la capitale, *aff^re de fam.*, comme on dit. Le ciel était infiniment moins pur que le fond de mon cœur, il était blanc comme neige. Le calme était son apanage.

C'est la chancelière qui a dérangé tout cela.

Oh ! les chancelières !

Naturellement, à moins d'être barbare, une dame ne peut, par 5 degrés de froid, défendre aux pieds d'autrui de se rapprocher des siens sur la peau de tigre artificielle d'une chancelière de wagon. La permission est tacitement accordée.

Innocent et léger « comme l'agneau qui sort de l'enclos du berger » (Leconte de Lisle), je glissai mes bottines banales tout à côté des chefs-d'œuvre habités par les petons délicieux de la dame inconnue.

Je pris de la chaleur la largeur de ma semelle.

C'était mon droit. J'en usai d'abord. Mais — mais — un quart d'heure après, j'en abusai! il n'y a rien qui chauffe la tête comme une chancelière.

Nous étions seuls.

La dame dormait. La lampe n'allait pas. Je ne pouvais pas lire. Il fallait parler. Cette conclusion manquait de logique, mais elle me parut ravissante. Je rompis le silence, et profitant d'un mouvement opéré par ma voisine, je pris la parole en ces termes :

— « Madame va à Odessa ? — Par la mer Noire,
« sans doute ? » — (*Silence de la dame.*) « Bottes
« fourrées... La cordonnerie des boyards... Beau-
« coup de blé à Odessa ! — Madame est russe ? —
« Cela se voit. — Prussienne, peut-être ? — C'est
« dommage... Tout le monde se rend à Nice, au
« lieu d'aller à Odessa... Oh ! joli endroit... Vous
« aimez Nice, madame ?... (*Profond silence.*) Aima-
« ble station balnéaire... deux mille courants d'air
« à la minute... Bonne précaution, les bottes four-
« rées !... à Nice, surtout... (*Silence écrasant.*) Je
« ne vous gêne pas, madame... On a si peu de
« place... Le wagon est vide, dites-vous ! Oh ! je
« suis bien !... C'est justement pour cela que je

« me plains... (*Silence effrayant*)...Vous me haïssez ;
« pas un geste ! je le devine... Ah ! Je suis bien
« malheureux !! et moi qui ne vis que pour vous...
« C'est de naissance ! Vous me défendez de vous
« suivre ?... Eh ! bien, non ! Je saurai qui vous
« êtes ?... Pardon !... n'appelez pas le chef de train,
« ne brisez pas le petit carreau, ne tirez pas la
« bobinette, elle ne cherra pas... Vous riez... Si
« vous riez... Je le vois bien... O bonheur ! elle a
« ri... »

Sur ces entrefaites, je constatai que la station à
laquelle je devais descendre était dépassée depuis
deux heures vingt-six minutes.

Que faire ? la chancelière était brûlante. Le train
était express. Reculer ? Impossible, moralement et
physiquement. J'irai où elle ira, me dis-je. Soit !
ce doit être la femme d'un magistrat. Eh ! bien, je
ne hais par la robe. *All Right !*

Enfin, la glace fut rompue. Elle ouvrit une
petite bouche rose, munie de dents parfaites, et
me dit :

— Monsieur, monsieur, que vous êtes ennuyeux !

Ce simple mot me rendit fou de joie. Être
ennuyeux, c'est être quelque chose déjà. On n'est
plus un inconnu. On vous hait. On pense à vous,
avec rage peut-être, mais on pense à vous. Conti-
nuons, murmurai-je.

A deux heures du matin, ma compagne de route

descendit de wagon et sans retour. Je la suivis. Je payai un fol supplément au chef de gare. Je le priai de m'indiquer un hôtel. Il me nomma l'*Epinard-Bleu*. Quant au nom de la ville où l'omnibus du chemin de fer nous a transportés, elle et moi, je l'ignore encore.

Mais, grâce à une des effigies de la *Dame à épis* qui nous gouverne, je sus bientôt, du cocher, l'adresse de l'inconnue. Il l'a conduite rue....., au fait, vous n'avez pas besoin de ces renseignements.

Soyez assuré que je me porte bien, que mon roman marche à ravir, que mon appétit est bon. Je passe mon temps à arpenter les rues de la ville. On s'étonne beaucoup de ma présence dans cette bourgade. Que vient faire ici un voyageur au cœur de l'hiver ? Il n'y a pas de monuments à visiter, c'est toujours ça. Quant à la dame inconnue, elle est invisible, pas moyen de lui faire transmettre quoi que ce soit. Sa porte est consignée. Hier, j'ai tenté de franchir son seuil, sous un prétexte absurde, comme pèlerin revenant de la Terre-Sainte. On n'a pas voulu me recevoir. C'est bien. Mais je suis entêté. Il ne sera pas dit qu'une chancelière se moquera de moi. Je veux la réduire en esclavage, cette reine farouche ; elle suivra mon char !...

Voilà pourtant où vous mène une chancelière !

23

Méditez cela, mon ami. Faites part de ma situation à nos connaissances les moins intimes, elle leur tirera des larmes. Enfin, mon exemple détournera les cœurs trop sensibles d'entreprises semblables, peut-être.

Adieu, mon cher, adieu !

PHILIPPE.

REBOISEMENT A LA CHOUCROUTE

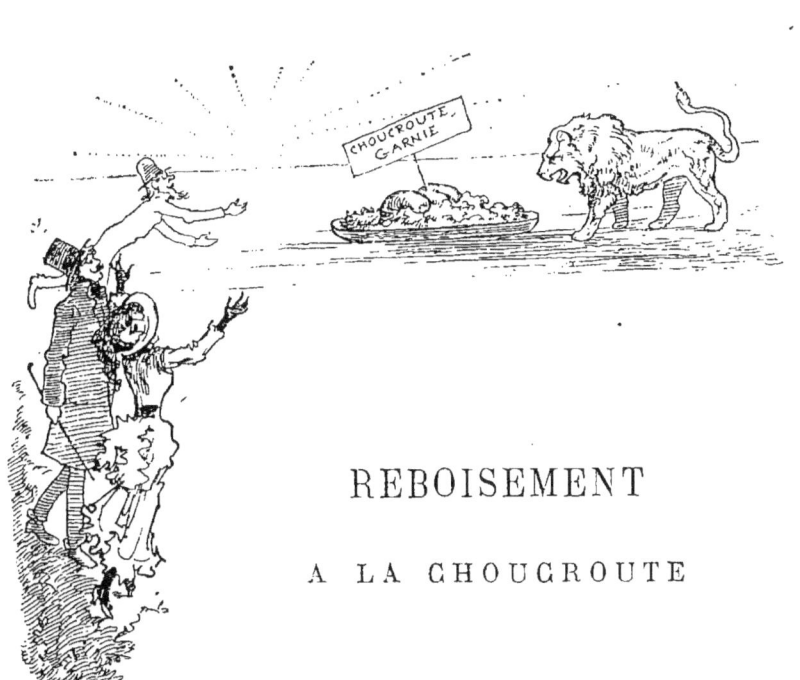

REBOISEMENT

A LA CHOUCROUTE

~~~~~~~~~~

O mon glorieux maître, ô mon ami! —
c'est à vous que je m'adresse, Théodore de Banville, — vous ai-je jamais raconté
comment, l'année dernière, à l'aide de mille ruses
et sous des prétextes audacieusement quelconques,
nous arrachâmes à la brasserie qu'il habite jour
et nuit, depuis vingt-sept ans, le musicien C...,
auteur de la *Marchande de pâtés de veau*, valse?

Nous l'enwagonnâmes un soir, lié de sept cordes
neuves, comme Samson, dans un train de la compagnie de l'Ouest, sans lui dire où il allait, mais
avec la ferme intention de le lâcher sur le bord de
la mer, le lendemain matin. Notre intention était
de mettre enfin en rapport, pour jouir de leur sur-

prise mutuelle, la vaste étendue d'eau qui se
trouve au bout de la terre, au Havre, avec l'artiste
en question, lequel n'avait jamais voulu même
entendre parler d'une confrontation de ce genre.

Au point du jour, soudain, C... et la Manche
furent présentés l'un à l'autre.

C... regarda la mer.

Nous buvions du regard son attitude. Il restait
muet et immobile. Nous nous décidâmes à lui demander en chœur :

— Eh bien! qu'en dites-vous?

Il répondit simplement :

— C'est nu...

— Que diable voudriez-vous donc voir sur la
mer?

— Des maisons et des arbres, parbleu!

Musica me semper juvat. Mais passons.

Le désir effrayant de ce musicien endurci, je le
conçois chaque fois que je songe, non pas à la nudité de la mer, mais à la nudité du désert.

Des arbres et des maisons n'y feraient pas mal,
en effet. D'abord le reboisement du Sahara permettrait enfin aux lions, que le poète et le peintre,
au mépris de tout ce qui est sacré en zoologie, y
font vivre, — dans leurs poèmes et peintures, —
d'y exister réellement, en chair et en os, attendu
que ces animaux y trouveraient peut-être alors,
au sein des forêts, les bêtes succulentes qui ser-

vent à l'entretien de ces os et de cette chair. Ensuite, s'il y avait des maisons dans le désert, ça
permettrait aux Touaregs de s'offrir des habitations
payant des contributions de portes et fenêtres, et
ils cesseraient de demeurer à l'entresol des dromadaires, selon leur incommode usage immémo-
rial.

Progrès et contributions, comme vous voyez.

Eh! bien, mon, glorieux maître et ami, je crois
avoir trouvé un moyen de peupler et de reboiser
promptement les déserts de l'Afrique, au bénéfice
du Trésor et de la civilisation. Je vous le confie.
N'en soufflez mot jusqu'au jour où je déposerai
un mémoire à ce sujet chez le concierge de l'Académie des sciences.

Le voici : C'est une idée qui m'est venue assez
souvent à l'esprit en voyant, vers les deux heures
du matin, dans le quartier que vous honorez de
votre présence, des tas de bohèmes jetés à la porte
de leurs brasseries respectives et ne sachant où
aller manger ces mets, dont ils sont si constamment
avides, — je ne m'explique pas pourquoi, par
exemple, — et qui s'appellent tantôt une choucroute garnie, tantôt une salade de museau de bœuf.
A deux heures du matin, ces tas de bohèmes sont
là, sur le trottoir, usant trente-deux allumettes à
redonner un peu de flamme à leur pipe, et, le
nez en l'air, ils cherchent à saisir dans la brise

qui passe les parfums qu'elle leur pourrait apporter de choucrouteries encore ouvertes. Aussitôt
que deux ou trois effluves de ce genre leur pincent
la narine, ils se mettent en marche, comme les
bergers de l'Évangile conduits par une étoile; ils
vont à la découverte de la choucrouterie inconnue,
malgré sergents de ville et marée, et ils s'y intro-
duisent, en dépit des larmes des débitants qui veulent dormir.

Cet acharnement nocturne, j'ai pensé à l'utiliser au
profit de la société, de la manière que vous allez voir.

C'est bien simple. J'emporte une choucroute
profondément garnie, que je maintiens chaude
par tous les moyens que la science met à ma disposition, et je me rends à Alger. Là, je m'adjoins
un petit tonneau de bière et je repars, cette fois,
pour le désert.

J'arrive dans le Sahara et j'y circule sans crainte,
puisque les lions du désert, qu'y voient les poètes,
n'y sont jamais; je choisis un joli endroit bien
ensoleillé, ce qui n'est pas difficile à trouver, et je
pose ma choucroute que l'astre du jour rend brûlante, sur le sable; puis je m'en vais, je reviens à
Paris et je ne m'occupe plus de rien.

Mais voici ce qui se passe, tandis que je ne
m'occupe plus de rien : un soir, jetés comme de
coutume à la porte de toutes les choucrouteries et
ne trouvant pas un seul caboulot entrebâillé, les

tas de bohèmes que vous savez se consultent. Il y
a une infime minorité qui veut aller se coucher;
d'autres récitent des vers. Quelques uns, que la
médecine désespère de jamais couronner de ses
diplômes, se mettent à crier : Vivent toutes les
atrophies! (*Sic.*)

Pendant qu'ils devisent de la sorte, l'odeur de
la choucroute, qui gratine dans le désert, a tra-
versé les espaces et arrive en France. Elle se ré-
pand dans Paris. Elle inonde le quartier Latin.

Tout à coup, l'un des bohèmes qui ne disent
rien s'écrie avec émotion : « Je sens une lointaine
et surprenante odeur de choucroute, mes enfants.
Le bras aux dames, en avant! » Et ils s'élancent
dans ce que les anciens poètes appelaient et écri-
vaient la « quarrière ».

Ils vont, ils vont, comme dans la ballade de
Bürger. Ils vont, et même très vite. On échange
des quolibets et joyeux propos, et le temps s'é-
coule insensiblement. Ils vont toujours, alléchés
par l'odeur et guidés par elle, l'estomac de plus en
plus ouvert et les brasseries de plus en plus fermées sur leur route.

Sans s'arrêter à Marseille, et ces dames ayant
plus faim que le dernier des touristes du radeau
de la *Méduse*, ils passent la mer, et, — je vous
épargne les Jules-Verneries du voyage, — ils tombent dans le désert enchoucrouté.

O pures délices! Tout est oublié. On s'installe,
et la conversation reprend de plus belle, comme à
Paris, l'habitude des tas de bohèmes étant de se
ficher de la théorie de l'influence des milieux, au
point de causer du Salon ou de la littérature aussi
agréablement dans les entrailles du globe que sur
la pointe des paratonnerres. Ils font seulement
cette réflexion en regardant le désert, tout en
mangeant les saucisses de Francfort, que la brasserie est sans doute ouverte depuis peu, puisque
les consommateurs sont si rares. Ils trouvent la
bière très bonne, un peu chaude, mais crémeuse.

Cependant, voilà que ces dames se plaignent du
soleil. On a oublié les ombrelles. Les réclamations
des créatures de l'autre sexe font songer aux
bohèmes que des arbres seraient bien agréables
au-dessus des têtes, comme à Meudon. — « Eh !
bien, pourquoi n'aurions-nous pas des arbres? »

Et comme les bohèmes ont toujours de tout dans
leurs innombrables poches, excepté de l'argent, ils
sèment des noyaux de dattes que l'un d'eux, grand
botaniste, conservait dans son gilet depuis un an
ou deux, il ne sait plus pourquoi. Les dattiers
poussent à vue d'œil. Rien de fertile comme le
désert, et puis le soleil ne perd pas une minute.

Un an après, les bohèmes, établis pour toujours
dans le Sahara, sont obligés de faire une demande
au ministre de la guerre pour obtenir l'envoi d'une

compagnie du génie afin d'abattre les palmiers et de faire des routes dans le pays qu'ils ont reboisé.

Une fois les routes ouvertes, les lions, qui aiment leurs aises, font enfin leur apparition. Mais les conversations naturalico-artistiques des habitants de l'oasis sortie d'une choucroute les effraient. Ils se rejettent sur les Touaregs, qui sont descendus de leurs dromadaires comme un seul homme et vont tous les jours au café, dans un café, et ils les mangent avant de s'en aller pour toujours.

Le pays devient exquis. On se croirait à Chatou. Et tout ça pour une misérable choucroute !

Il reste bien un peu de sable par-ci par-là, mais les bohêmes l'épuisent bientôt en l'employant à sécher l'écriture fraîche des lettres qu'ils adressent à leurs amis pour les prier de ne plus s'occuper d'eux, ni de leur avenir.

Voilà, mon glorieux maître et ami, ce que j'avais à vous dire.

La morale est qu'il n'y pas la queue d'une trichine dans le jambon qui couronne la choucroute, ou alors la jeunesse française serait morte depuis longtemps, et ensuite il faut être bien mauvaise langue pour prétendre que les bohèmes ne savent jamais se tirer d'affaires.

LA PÉPINIÈRE

~~~~~~~~

Il n'est point absolument indispensable d'avoir
« passé les *six-vingts* » promis par Marianne à Har-
pagon, pour que le seul nom de la Pépinière,
tout à coup revenu à fleur de mémoire, fasse
soudain se noyer sous la paupière un sourire
tendre dans une larme de regret.

Tous ceux qui ont seulement les *deux-vingts*, —
et c'est déjà bien respectable, hélas ! — se rappellent avec un petit soupir de mélancolie la ver-
doyante et pittoresque oasis de la rive gauche,
oasis sans palmiers, du reste, et qui n'avait du
désert, par le vent d'est, que de furtifs simouns
de poussière ; — mais qu'il était admirable et ras-
sérénant au printemps et à l'automne !

C'est là, dans ce petit coin discret et silencieux
qui répandait comme un parfum de jardin de

campagne en plein Paris, c'est là, dans cette riante Thébaïde où l'on pouvait se retirer une heure loin des affaires et du tumulte de la rue, que l'on venait se recueillir, étudier, rêver, assis sur le bois sculpté par les pluies des vieux bancs aux clous de fer proéminents, entre ces deux ardents compagnons de la rapide jeunesse : l'enthousiasme et l'amour.

Dans les feuillages, vestige du passé pieux de ce jardin où passait tout un présent profane, on apercevait les restes de l'antique cellier des chartreux.

On arrivait dans cette délicieuse et familière vallée, ou plutôt on y descendait, — car la Pépinière était en contre-bas du jardin officiel, — on y descendait du côté de l'Observatoire, par une pente douce, bordée de massifs de lilas et de baguenaudiers dont les exubérances étaient comprimées par des treillages en branchages naturels. Du côté du Luxembourg, on y pénétrait en descendant quelques degrés de pierre usés sous des milliers de pas légers ou pensifs. A droite et à gauche de l'escalier, des bancs d'une longueur immense, que chauffait le soleil de l'après-midi, côtoyaient le mur de soutènement, et les décrépitudes de tout sexe s'y asseyaient, humant l'air rempli d'odeurs de verdures, à côté de toutes les enfances. Car il y avait là, humant le grand soleil,

autant de petits enfants que de moineaux, ce qui
n'est pas peu dire. Et ces jolis êtres, les oiseaux
et les marmots, faisaient, ceux-ci avec leurs pelles,
ceux-là avec leurs ailes, une consommation véritablement étonnante de sable et de poussière.

Les vieux les regardaient et ils étaient heureux.

D'autres bancs, aussi ravinés par le temps que
des bois de graveurs, invitaient les passants,
errant par couples, ou solitaires, dans les allées
voisines, à se reposer à l'ombre des bosquets
touffus.

Ah! chers bancs vermoulus!

Quelle indulgence! quelle impartialité possédait
votre cœur de chêne! — Vous supportiez avec la
même insouciance et la même dureté, — car vous
étiez durs, ô bancs! — les graves *arcades ambo* des
légitimes nopces, et les chanteurs de duos éphémères, commencés dans ce fameux treizième
arrondissement, qui, alors, était un mythe!

Et, muets, vous entendiez, avec la même tran-
quillité, le bruit de la chute des baisers et celui
de la tombée des feuilles.

O muses! n'en disons pas davantage!

Le glaive de la loi au poing, ou le scalpel de la
science entre les mains, ceux qui jadis vous appré-
cièrent, ô bancs! sont maintenant de gros personnages dont je ne désespère pas d'atteindre un
jour la gravité, et je ne voudrais pas, en leur par-

lant d'une des plus douces stations du vieux quartier latin, faire tourbillonner autour de leur front sévère l'essaim frivole des mouches dorées.

C'était surtout dans l'hémicycle de treillage rustique où la *Velléda* de Maindron croisait ses bras nerveux et charmants, et du haut de son piédestal regardait, avec ses yeux profonds, défiler les fils de la moderne Gaule, que l'on aimait à venir et à confier le drap de ses pantalons aux bancs burinés par les injures des saisons et de l'âge.

L'ombre y semblait plus dense et le calme plus parfait.

Le matin, quand on y faisait halte, les pieds un peu brûlants des quadrilles de la veille, ou la prunelle fatiguée par la lampe du travail, — car ceci souvent suivait cela, — il tombait des rameaux, encore humides de rosée, une fraîcheur amicale, un apaisement bienfaisant, une bonté gaie, une joie délicate. On se sentait réconforté, distendu, rajeuni. On respirait à pleins poumons, oubliant l'air renfermé des chambres d'hôtel, les senteurs fines et vivifiantes du jardin en fleurs. Vaguement ému, réprimant un doux frisson de fièvre, on trouvait cela exquis.

Et puis, les jours tristes, les jours des amères premières déceptions d'un cœur aux tendresses crédules et généreuses, cela faisait du bien de venir là, versant des larmes, penser aux Musettes infidèles.

Quel cadre charmant aussi, pour la lecture des poètes nouveaux, que les verdures et les simples fleurs des parterres de la Pépinière !

Pour moi, dans ma mémoire, certains des vers de Hugo, de Vigny et de Musset, quand je les récite, exhalent encore le parfum des roses, des chèvrefeuilles et des phlox, enfin de toutes les fleurs, mes amies, qui s'épanouissaient autour de moi, dans la Pépinière, les jours où je les lus pour la première fois.

L'édilité a fait à présent une sorte de square, plat et sans intimité, de la ravissante vallée où l'on était si bien chez soi. On y a planté de beaux bancs bien verts et des arbustes à la mode; mais qui de nous, hommes qui avons atteint les *deux-vingts*, ne cherche et ne regrette les vieux bancs qu'on a brûlés et les bocages chevelus que formait une plante disparue à peu près de tout le territoire parisien aujourd'hui, le *lyciet*, cette solanée dont les minces et étroites feuilles blanchâtres s'étoilaient à l'automne, de milliers de perles longues d'un corail vif.

Beaux jours disparus, jeunesse envolée, amours défleuries, ô Pépinière effacée.

LE CHEVEU NOIR

~~~~~~~~~

On avait pris le café, et dans des verres délicats, l'hygiénique eau-de-vie du Cap faisait étinceler son joli corindon couleur de coucher de soleil.

C'était chez le docteur Filleau, un des plus ingénieux applicateurs de la dosimétrie, ce logique *modus vivendi* thérapeutique, qui a fini par s'établir victorieusement entre la répugnante et implacable méthode de M. Purgon et la lente méthode souvent trop anodine de Hahnemann.

La conversation, écho et reflet des satisfactions de l'estomac et des nuances de la gaieté péristaltique, avait décrit mille crochets et esquissé des arabesques innombrables. Un moment, de mondaine et artistique qu'elle était, avec de spirituels éclats, elle entra soudain dans le domaine austère de la science, où, spécialement, elle se fixa autour

du récit de phénomènes peu communs, il est vrai,
mais prouvés à plusieurs reprises.

Quelqu'un, un physiologiste distingué, dont le
nom m'échappe, raconta que les dents, tombées
avant et pendant l'âge mûr, ont parfois repoussé
pendant la vieillesse, et que, permettant alors la
mastication de généreux aliments généralement
interdits à la décrépitude, elles sont certainement
une des causes des cas de longévité exceptionnelle.

Sans remonter jusqu'à Mathusalem, lequel, évidemment, devait avoir eu, sans le secours des den-
tistes, peu communs de son temps sans doute.
une série naturelle de dentures irréprochables, le
physiologiste cita différents exemples de repousse
de dents des plus curieux.

La nature mystérieuse se plaît à verser parfois,
à pleins verres, l'eau d'une fontaine de Jouvence
véritable et non imaginaire, à certains êtres qu'elle
semble affectionner et dont on dirait qu'elle veut
reculer indéfiniment la destruction.

On rappela aussi les cas de gens dont les cheveux, tombés blancs à quatre-vingts ans, avaient
crû de nouveau, noirs ou simplement bruns, mais
très épais, et qui avaient recouvré une jeunesse
nouvelle.

A la citation de ce dernier fait, un des convives.
vieillard blanc comme un agneau, de cheveux et
de barbe, mais qui s'était montré le plus vivant et

le plus jeune d'entre nous, avec une douceur et
une sérénité exquises, demanda la parole pour un
fait personnel.

On la lui accorda à l'unanimité des voix, moins
une, celle d'un musicien qui, à peine le dessert
croqué, s'était incrusté devant un piano et semblait en extraire d'horribles fœtus musicaux avec
le forceps de ses mains grêles.

Mais on négligea cette infime minorité !

Le vieillard, dont la tête fine et souriante rappelait vaguement la physionomie de l'excellent Ca-
mille Doucet, nous affirma alors avec énergie que
si ses cheveux blancs s'avisaient de noircir, il
s'empresserait de les faire teindre en blanc !

Il ajouta :

— Le seul cheveu noir qui me soit jamais revenu m'a causé, en effet, des souffrances et des
angoisses que je ne pourrais supporter une seconde fois !

On lui demanda l'explication de ses paroles.

Il nous fit part de ceci :

— Messieurs, ce n'est pas la première fois qu'on
parle, devant moi, de cette repousse phénoménale
dans un âge avancé, de cette sorte de *regain* capillaire à une époque où, même quand on a des cheveux, on ne tient à y sentir passer que les doigts
de ses petits-enfants.

Il y a un an, après dîner, comme ce soir, on

raconta, en ma présence, des cas analogues.
J'avoue que l'idée que ces récits éveillèrent en moi
me troubla fort. Homme assagi depuis longtemps,
parvenu au port et y reposant en paix, après une
traversée de la vie des plus pénibles, la pensée
d'un subit retour à la jeunesse me semblait des
plus atroces. Je rentrai chez moi d'un pas plus
pesant que de coutume, réfléchissant, et, au lieu
de digérer avec la béatitude d'un brave homme
qui ne compte plus... que par son désir de plaire
et de se faire excuser..., je refaisais un peu de
la bile d'autrefois. Je me couchai. Après un
sommeil de plomb, je me réveillai, ayant rêvé,
affreux cauchemar! que j'étais redevenu, par la
tête, le brun foncé de mes années de folies et
de privations. Il faisait un soleil gai. Riant de
mon rêve et heureux de rechausser avec délices
les chères et vieilles pantoufles de l'habitude,
j'allai jeter un coup d'œil au miroir. Oh! sans
nulle coquetterie. Mais je tenais à constater *de
visu* que j'étais bien toujours chevelu de blanc
pur ..

— Eh! bien?

— Horreur! — Comme je m'inclinais sur la
glace, j'aperçus, là, à la tempe gauche, comme
un serpent lové dans l'herbe, un cheveu du noir
le plus beau, bouclé, reluisant, qui éclatait au
milieu de ces cheveux que vous voulez bien ne pas

trop respecter, messieurs, bien qu'ils aient la teinte
vénérable des *cumulus* d'un ciel d'été.

— Vos cheveux noirs repoussaient?

— Oh! messieurs! Un désespoir inexprimable
m'étreignit à l'épigastre en ce moment. Un cheveu
noir! Se trouver un cheveu noir à soixante-sept
ans! Comprenez-vous bien toute l'horreur de ma
situation? Oui, je me vis, redevenant jeune peu à
peu, redescendant la pénible montée de mon existence, retrouvant les anciens jalons abandonnés
et oubliés à présent.

D'abord, de calme centre-gauche, j'allais me
retrouver, sous mes cheveux noirs, extrême gauche intransigeante et recommencer les interminables discussions de mon âge ardent. — Retiré des
affaires, après une modeste fortune faite et bien
placée, je me replongeais dans les jours d'antan,
troublés sans cesse jadis par le souci des concur-
rences, par les inventions nouvelles, par les fins
de mois à payer, par les huissiers à l'horizon; —
ma pauvre femme fut une excellente compagne;
mais, enfin, je me voyais l'épousant de nouveau et
les quiétudes de mon veuvage sombraient à tout
jamais. Et puis, des enfants à élever une seconde
fois! Les craintes quotidiennes au sujet de leur
santé à éprouver encore. Et puis, dois-je l'avouer,
ici, entre nous, entre garçons, ou peu s'en faut?
eh! bien, messieurs, ce qui me navrait plus que

tout cela, messieurs, c'était l'idée qu'après avoir refait un temps de service, sous l'habit militaire, et rendu à la société, il me faudrait redevenir amoureux, amoureux sans espoir, amoureux fou, passant les nuits, les pieds dans l'eau, dans une rue glacée, à regarder une ombre aller et venir dans une lueur, derrière des persiennes fermées, en me disant avec des grincements de dents que cette ombre est peut-être celle d'un mari qui vient essayer de se faire pardonner des infidélités en venant souhaiter le bonsoir à la femme — qu'on aime. Ceci, messieurs, est une torture que le Dante a oubliée. Mais moi, je m'en souvenais, et songer que ce misérable cheveu noir, avant-garde sans doute de l'armée d'ébène d'autrefois, allait me ramener à l'amour, à la jalousie, à la vie sans sommeil, aux jours de fièvre déchirante, me faisait bouillonner la cervelle sous le crâne...

— Achevez.

— Ma parole, afin d'échapper à cet abominable *avenir passé*, je songeais à recourir au suicide... lorsque, regardant de plus près, avec une amertume sans égale, cet ignoble cheveu noir, je vis...

— Mais il faut, d'abord que je vous apprenne une chose.

— Laquelle?

— Afin d'avoir la tête fraîche pendant la nuit — j'ai un oreiller spécial, — et ce cheveu noir...

— Achevez donc !

— C'était un des crins de cet oreiller, un crin
d'un noir de jais, fin comme un fil de soie, qui
s'était mêlé à ma chevelure de neige.

— Bravo !

— Oh ! oui ! bravo ! Il me sembla qu'on me faisait fondre un doux et calme ciel d'automne dans
le cœur lorsque je reconnus mon erreur. — Mais
j'en fus malade, sérieusement, pendant trois jours,
par contrecoup, et je l'aurais été davantage, si le
docteur Filleau, joignant sa gaieté fine à sa science
profonde, ne s'était chargé de ma guérison.

— Messieurs, à sa santé !

Et l'on avala l'hygiénique eau-de-vie du Cap
qui étincelle, dans des verres délicats, comme un
joli corindon, couleur de coucher de soleil.

LES CHEVAUX DES ANTIPODES

LES CHEVAUX DES ANTIPODES

Tandis que le vent du sud-ouest, — que les gens de mer affectent d'appeler *suroît*, — pourquoi? je me le demande en vain, — agite tristement, sur les plages désertées, les murailles de toile peinte des cabines de bain rangées en ligne, au bas des falaises ou dans un repli des dunes, jusqu'à la saison prochaine, le même vent, lamentable et mouillé, ramène dans les salons intimes les joueurs de whist que l'été avait dispersés çà et là.

Le bonhomme Hiver est en route pour Paris. On entend déjà, du côté nord, le bruit de ses pas dont s'effrayent les hirondelles, mais les chrysanthèmes sont encore en fleurs dans les jardins aux allées encombrées de feuilles jaunes, et les lustres des soirées n'ont pas allumé leurs girandoles.

Il y a un moment d'arrêt entre l'agonie des plaisirs d'été et la résurrection des joies de l'hiver.

On reprend haleine, et c'est l'heure où la causerie et le whist triomphent dans les salons où se rassemblent de nouveau les amis revenus, un à un, des quatre points de l'horizon.

Heure charmante !

Les pianistes ne sont pas encore de retour, et l'on peut aller dîner chez les gens avec l'espoir d'écouter causer d'aimables femmes ou de faire une partie délicieuse, après dîner, sans être tout à coup prié, par la maîtresse de la maison, d'interrompre une *chouette* commencée et de devenir muet comme une carpe, parce que M. Jenesaiki, Hongrois d'infiniment de brandebourgs, ou Mlle de Jenesaikoff, Russe aux mains de fer, va découper, sur l'étal bicolore d'un piano, les morceaux filandreux de quelque maëstro kurde, ou simplement viennois, comme le pain, sans en avoir l'utilité et la saveur.

« Promenons-nous dans les bois tandis que le loup n'y est pas. » C'est une chanson que j'ai chantée enfant, mais homme il ne me déplaît pas de la répéter, au commencement d'octobre, dans un salon, quand j'ai le bonheur d'y pouvoir remplacer loup par pianiste.

Donc, causons et jouons, dans les salons, tandis que le pianiste n'y est pas, tournant son dos en habit noir à tout une honorable assistance pétrifiée d'ennui et bouillant de rage.

Oh ! que j'aime mieux l'histoire des *Chevaux des Antipodes*, qu'on m'a contée hier, en cette saison mixte, que tous les do, ré, mi, fa, sol, do, malaxés et pétris par les virtuoses qu'on nous intimera l'ordre d'écouter, cet hiver, dans le monde, avec un impérieux « chut ! chut ! messieurs ! » lancé par la voix impatiente de la maîtresse de la maison.

Voici l'histoire des *Chevaux des Antipodes*, avec la petite mise en scène nécessaire.

C'est le soir, dans un petit salon de rez-de-chaussée, rouge et or, après un dîner d'intimes. Un jardinet envoie, par la porte entrebaillée, car la nuit est douce, les parfums de ses dernières fleurs, parfums qu'enlacent, à leur entrée dans

l'appartement, les spirales de la fumée des ciga-
rettes turques qu'on y fume.

Autour de la table de jeu, la silhouette calme
des *whisteurs* se découpe sur la lueur des bougies
casquées de leur petit abat jour vert.

Pendant que les cartes circulent, soyeuses, sur
le tapis où les jetons d'argent tintent avec discrétion, nous causons, la maîtresse de ce petit
paradis de Champs-Elysées et votre serviteur, vis-
à-vis l'un de l'autre, enfoncés dans les coins
agréables d'un sopha.

La dame, une jolie dame, un peu pensive (di-
gestion? ennui de cœur? Qui le sait! qui le saura
jamais!), me raconte languissamment des souvenirs de pension.

— Quand on est petite, dit-elle, on a des idées
bien bizarres. Comprenez-vous que j'aie pu, très
sérieusement, espérer de faire pousser des crayons
en en plantant un bout, après avoir eu soin de
garnir l'extrémité, destinée à être mise en terre,
d'un peu de mes cheveux, — pour commencer les
racines! Vous ne comprenez pas cela?

— Dame, non.

— Pourtant, plus de cent fois, j'ai fait l'essai
de ce genre de culture. Il n'a jamais donné de
bons résultats. Mais peut-être ai-je manqué de
patience?

— Peut-être?

— Et les Antipodes ! En classe, on nous parlait
fréquemment de ces fameux Antipodes, qui mar-
chent les pieds diamétralement (c'est l'adverbe,
n'est-ce pas, monsieur?) opposés aux nôtres. Cela
nous intéressait fort. Nous nous les figurions la
tête en bas, comme des mouches, et on se demandait l'une à l'autre comment ils faisaient pour ne
pas perdre leur chapeau à tout moment.

— Le problème restait sans solution, madame?

— Oui, cependant, on cherchait sans cesse à
dégager cette... inconnue. Aussi, à la récréation,
il y avait toujours deux ou trois d'entre nous qui,
armées d'un bâton, creusaient la terre des jardins, grands comme une serviette à thé, qu'on
nous allouait pour y faire de l'agronomie.

Nous pensions en creusant de la sorte, arriver
à voir un jour au fond du trou les semelles des
Antipodes.

On creusait, on creusait du bâton, et des ongles,
à s'en donner des ampoules, et quand on jugeait
le trou suffisamment profond, on se précipitait le
nez en terre, pour y plonger des regards anxieux.

Il arrivait bien souvent que les pauvres fos-
soyeuses se relevaient soudain avec épouvante, en
jetant un cri terrible. Car, au lieu des semelles si
ardemment désirées, ce qu'on apercevait trop
souvent au fond du trou, c'était un redoutable ver
de terre, amoureux d'une étoile, peut-être, mais

certainement affreux au delà de toute expression
avec sa dilatation muette de tube couleur de chair
malade.

Cependant, quelquefois aussi, on levait la tête
avec précaution, après avoir longuement appliqué
l'oreille sur l'orifice du trou, et l'on disait à voix
basse à une amie préférée :

— « Penche-toi, ma chère. Je crois bien que
j'entends le galop des chevaux des Antipodes. »

L'amie se prosternait à son tour, prêtait toute
son ouïe et répondait gravement :

— « Oui ! oui ! je l'entends enfin. C'est bien le
galop des chevaux des Antipodes ! Creusons
encore ! »

Tout le temps que je suis restée à la pension,
j'ai cru entendre distinctement ce bruit lointain,
et cela me confirmait dans l'idée que si nous
n'apercevions pas les Antipodes eux-mêmes, c'est
que nous ne creusions pas assez le trou qui nous
aurait enfin mises en communication certaine
avec ces êtres mystérieux et, sans doute, charmants !

Toutes, nous avons quitté la pension. Nous
nous sommes presque toutes mariées. Il y a même
des veuves parmi nous. Mais nous n'avons pas
oublié les Antipodes.

Nous y songeons souvent encore à ces inconnus,
à ces étranges personnages, à ces individus dont la

vie n'a rien de la nôtre, et, en esprit, nous creusons le trou au bout duquel nous devons les voir un jour.

— Seulement, — ne le dites pas, mon ami, — — les Antipodes ont pris aujourd'hui une figure et une tournure bien autres que celles que nous leur supposions jadis.

Nos Antipodes de maintenant, ce sont peut-être — c'est à vous de le deviner — ce sont nos espoirs non exaucés, nos désirs secrets inassouvis, nos vagues amours rêvées.

Et quand vous apercevrez, dans un salon, des femmes qui, l'œil errant dans les nuages intérieurs de leurs pensées, sont distraites, s'isolent de la conversation générale, et, dans l'angle d'un sopha, tendent l'oreille à quelque inperceptible bruit, dites-vous que ces femmes-là croient entendre le galop de leurs Antipodes, de leurs Antipodes qu'elles adorent avec une tendresse délicate, inusitée chez elles, qu'elles appellent chastement de tous leurs vœux, et qu'elles ne verront jamais.

TABLE DES MATIÈRES

PARIS. — IMP. C. MARPON ET E. FLAMMARION, RUE RACINE, 26.

BIBLIOTHÈQUE ILLUSTRÉE

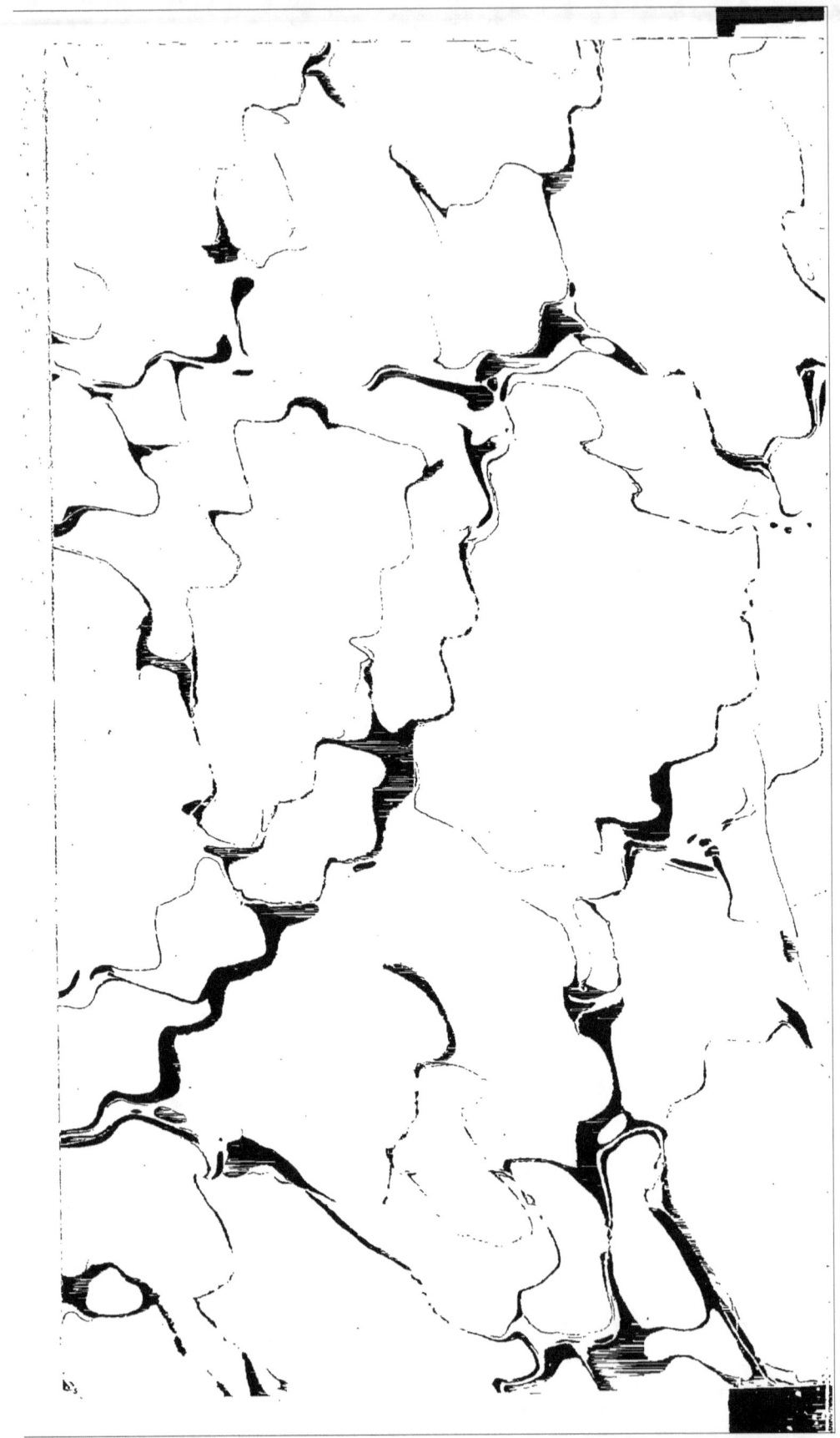

www.ingramcontent.com/pod-product-compliance
Lightning Source LLC
Chambersburg PA
CBHW072106020726
47501CB00003B/724